Ales Adamowitsch
Die letzte Pastorale

Ales Adamowitsch

Die letzte Pastorale

Galgenberg

Aus dem Russischen
von Uwe Groth und Nina Letnewa

CIP-Titelaufnahme der Deutschen Bibliothek
Adamowitsch, Ales:
Die letzte Pastorale / Ales Adamowitsch.
[Aus d. Russ. von Uwe Groth u. Nina Letnewa]
– 1. Aufl. – Hamburg : Galgenberg, 1989
ISBN 3-925387-43-9

Aus dem Russischen von Uwe Groth und Nina Letnewa
Lektorat: Ursula Hien
Lizenzausgabe mit freundlicher Genehmigung
der WAAP Moskau
Umschlaggestaltung: Johannes Nawrath unter Verwendung
des Gemäldes „Die Geburt der Venus“ von Boticelli
Titellithographie: Druckerei auf St. Pauli
Satzherstellung: »PK-Studio *300*«
Gesetzt aus der Times, Belichtung „Linotronic 300“
Druck und Bindung: Ueberreuter, Austria
1. Auflage April 1989
ISBN 3-925387-43-9

1

Ich blickte der Sonne ins Auge,
und mich machte die Sonne blind . . .

Maxim Bogdanowitsch, Triolett

„Gefechtsalarm! Raketenangriff!

Die Erste schußbereit . . . die Zweite . . . die Dritte . . . Ich wiederhole: Raketenangriff! Die Erste . . . die Zweite . . . die Dritte fertigmachen zum Abschuß! Wo bleibt das o.k.? Ich höre kein o.k. Wir sind noch am Leben, am Leben!

Ich wiederhole: Fertigmachen zum Abschuß . . . die Erste . . . die Zweite . . . die Dritte!

Warum antwortet denn keiner?

Kein Mensch antwortet . . . Warum?“

Der kleine zartblaue Körper eines Kanarienvogels liegt in einem schief hängenden Käfig, massige, dunkle menschliche Leiber mit vor Atemnot blau angelaufenen Gesichtern und verrenkten Hälsen hängen schlaff in den Sesseln an den Schaltpulten oder heben sich als schwarzer Haufen an der Wand neben den Röhrenwindungen ab.

Nur die Stimme läßt sich nicht beirren:

„Wir leben, wir leben noch! . . .“

Über schwarzem Baumwollstoff (mag sein, daß er dunkelblau ist, im Halbdunkel ist alles verwischt) ist ein weißer Streifen angenäht, „Kommandant“ steht darauf. Die Instrumentenbeleuchtung blinkt trübe, und die spielzeughafte Silhouette einer Rakete erscheint auf dem Schirm, um gleich darauf wieder zu verschwinden. Immer wieder versucht der Mensch, sie abzurufen, sie festzuhalten . . .

„Die Erste startklar . . . die Erste . . .“

Die Videokameras an den Hauptbefehlsständen des U-Boots übertragen nur mattes Halbdunkel, in dem sich irgend etwas bewegt . . .

„Zu langsam, ihr macht zu langsam! Was kriecht ihr da rum wie die Würmer? . . . Ich wiederhole: Den Luftregenerator für den Hauptposten anstellen! Warum antwortet denn . . .“

Der Mann langt unsicher zu dem Tischchen hinüber, von dem ihm das Schiffstagebuch mit dem an einer Schnur festgebundenen Kugelschreiber entgegenschimmert. Dann aber läßt er sich schlaff gegen die ovale Rückenlehne seines Drehstuhls zurückfallen und schwenkt sich herum. Jetzt heftet er seinen ersterbenden, gequälten Blick mit unnatürlicher Aufmerksamkeit auf das Gesicht der Frau. Ihren Kinderkopf wohlvertraut zur Seite geneigt, kämpft sie mit der Honigschwere ihrer Haare im Wind, schaut ihm still und entspannt aus ozeanischer Morgenkühle entgegen, bereit für das Glück und die Seligkeit in allem und jedem, bereit für die zärtliche Berührung und die unvergängliche Schönheit der Welt, die ihre Geburt erwartet . . .

2

Und uns empfängt die Wiese, so dicht mit Tau besät. Der Gräser Peitschenhieb an unseren Füßen brennt. Hier hat die scharfe Sense noch keinen Halm gemäht, das Blumenmeer strahlt rings wie nachts das Firmament.

Janka Kupala, Sie und ich

Entrüstet klirrt meine Sense auf, als wäre sie trocken knirschend gegen Draht geprallt. In mir zieht sich alles zusammen, und unwillkürlich lasse ich den Arm sinken. Dabei weiß ich genau, daß ich kein Eisen, sondern Pflanzenstengel schneide. Die Stengel sind dünn wie Draht, aber die Blüten riesig und lappig, gelben Pilzen ähnlich. Feucht und schwer klatschen sie auf den Boden, auf die hoffnungslos trockene, steinige Erde. Woher nehmen sie bloß die Feuchtigkeit, wovon leben sie eigentlich? Wahrscheinlich vom Tau, der nachts fällt, wenn wir schlafen. Aber jetzt, unter den ersten Sonnenstrahlen, lassen sie die Köpfe hängen. Wenn man ein Hütchen dieser Blumenpilze in die Hand nimmt und quetscht, rinnt einem etwas zähflüssiges, klebriges Weißes zwischen den Fingern hindurch. Es ist warm, wie etwas Lebendes aus einem lebendigen Körper.

Ich mähe. Bis zum Abend ist alles sauber, kahl, ein einziges Stoppelfeld, eine Drahtbürste. Am anderen Morgen jedoch schon wieder ein dichter gelber Blumenteppich. Dann kämpfe ich wieder gegen sie an, säble, schleppe und stoße und trete sie bis zur Schlucht, in die ich sie dann hinunter schmeiße. Meine Sense ist eher eine indische, eine Sichel mit langem Stiel. Man braucht keinen Schwung aus den Schultern zu holen wie bei einer normalen Sense, sondern läßt die Drehbewegungen aus dem Ellenbogen kommen. Mähdrescher funktionierten nach diesem Prinzip . . .

Nein, das sind keine Blumen. Sie fand es zuerst heraus. Sie war hingerannt zu diesem eines Morgens überraschend erblühten Wiesengrund, aber dann war Sie auf dem gelben Geglitsche ausgerutscht. Sie war aufgestanden und hatte sich angewidert zu mir umgedreht: Was ist das? Was soll das? Jetzt hat Sie Angst, näher an die Blumen heranzugehen, Sie glaubt, daß sie nach Aas riechen. Ihr wird schlecht, Sie muß sich übergeben – aber das ist dann schon Ihre Phantasie. Kein Verwesungsgeruch, nichts dergleichen, nur pilzige Feuchte.

Auch ich weiß: Das sind keine Blumen. Wie sie unter meinen Hieben feindselig zusammenzucken, diese ungeheuren, feisten Drachenköpfe, und wie sie pfeifen und quieken, wenn man auf sie tritt. Die von Feuchtigkeit triefenden schleimigen Riesenpilze haben sich in Blumen verkleidet. Aber was sich da in Pilze verkleidet hat, begreift man nicht sofort.

Bei vielen indischen Stämmen erzählte man sich die Legende von einem Drachen, mit dem man nicht fertig wurde, es auch besser gar nicht erst versuchte: Aus jedem Tropfen Blut, der zur Erde fiel, wuchs ein neuer, ebenso vielhäuptiger . . . Mit den Blumen ist es vielleicht genauso: Indem ich sie köpfe, säe ich sie aus. Vermehre ich diese Pest?

Bei den Stadtfriedhöfen bastelte und verkaufte man früher fürchterlich aufgedunsene, grellbunte Schaumgummiblumen. Die wurden auf einen Draht gespießt und sahen genauso aus wie diese hier. Vom Felsen herab betrachtet, ist unsere Insel ein großes gelbes Blumenbeet. Und da am Rand, wo unsere Familienhöhle liegt, schmiegen sich Birken aneinander. Dort schläft Sie jetzt. Morgens schlummert Sie immer länger, noch wie als Kind. Ich will mit der Arbeit fertig sein und die Blumen wenigstens um unsere Wohnung herum abmähen und wegschaffen, bis Sie aufgewacht ist. Wenn Sie aufwacht, fällt Ihr vielleicht doch nicht gleich ein, daß sie da sind und auf sie lauern, und Ihr freudiges Morgenlächeln, das ich so besonders gern mag, hält an auf Ihrem verschlafenen, warmen Gesicht, auf Ihren warmen feuchten Lippen. . .

In meiner Erinnerung sind diese Blumen neben den Ratten angesiedelt. Wir konnten uns anfangs nicht retten vor den Viechern, mit ihren zwei oder drei Köpfen, Stummelschwänzen, fett wie die Biber: starrten einen an, nicht mit zwei, sondern gleich mit vier oder sechs Glasperlenaugen, aufmerksam, unverwandt. Sie machten sich nur unwillig davon, man mußte schon tüchtig mit Steinen nach ihnen geschmissen haben: Haut ab! Weg mit euch! Über Nacht war dann alles anders geworden, die Rattenmutanten waren verschwunden, als hätte es sie nie gegeben. Wir schlugen die Augen auf, lugten aus unserer Höhle hervor, und die Insel schien in der Luft zu hängen, in dieses gelbe Licht getaucht. Oh, wie Sie sich gefreut hatte, wie Sie frohlockend in diese Blumenpracht hineingerannt war. . .

Unsere schlanken Birken, unter denen wir das Essen zubereiten, und wo sich auch jetzt ein Rauchfähnchen kräuselt, werfen ihre Samen nur zaghaft aus: Hier und da sprießen junge grüne Triebe, aus Felsspalten recken sie sich empor, aber die gelben Geisterblumen fallen sofort über sie her, bedrängen sie, ersticken sie. Jeden Morgen befreie ich die zarten Birkenschößlinge von schweren Blumenmassen.

Wie kamen sie aber hierher, auf diese Äquatorialinsel, Birken aus nördlichen Breiten, auf welch verschlungenen Pfaden? Was soll übrigens die Fragerei! Hier ist alles zum Verrücktwerden durcheinandergeraten, man weiß nicht, wann Winter und wann Sommer, wo Norden und wo Süden ist. Ein Glück, daß wir noch nicht auf einem Gletscher sitzen!

Ich möchte auch endlich mal wissen, woher wir kommen, wer wir überhaupt sind, wenigstens wer Sie ist. Jeden Morgen erwacht Sie anders, sagt mir Ihren Morgengruß jedesmal in einer anderen Sprache. Das ist schon eine Art Spiel bei uns.

„O, my dear."

Schön, heute ist Sie also Engländerin. Oder Amerikanerin, ganz nach Wunsch.

„Mein fleißiges Arbeiterlein. Schon wach! Dawai, dawai rabotai!"

Alles klar, Sie ist Russin.

„Kochany moj!" – mit polnischem oder belorussischem Akzent.

„Caro, carrisimo!" Also gut, Sie ist Italienerin.

Und dann wieder redet Sie auf japanisch oder Hindi drauflos, streckt Arme und Hände dem Licht entgegen, ohne die Augen aufzumachen.

„Oh, mon amour!"

Jetzt wieder ganz Pariserin, nun heiße mich doch schon willkommen, begrüße mich, so eine Gute, so eine taperige Krabbe, noch ganz verschlafen. Guck mal, wie viele spitze Knie und Ellenbogen ich habe und wie schön die sich zusammenlegen lassen, wie kuschelig ich die an mich ranziehen kann, wie wonnig mir dann ist, wenn ich umarmt werden will, geküßt werden will, wachgeküßt auf diesen schlaftrunkenen Mund . . . Wenn du dir aber Zeit läßt und den richtigen Augenblick verpaßt, sprudelt es aus Ihr hervor wie aus einem Sprachführer für Touristen-Soldaten-Spione:

„Can you show me the way to the road? I'll pay for it.“
„Je voudrais acheter un souvenir.“
„Hände hoch! Reçe do gory! I'll fire!“
„Où pourrais-je passer bien cette soirée?“

Das Erstaunlichste an diesem Spiel ist, daß es nicht nur Spiel ist. Wie übrigens alles auf dieser Insel: Es ist so, und wieder auch nicht, etwas ist existent und dann scheinbar wieder nicht, ein Etwas ist aber auch gleichzeitig ein Jemand. Unversehens beginnt Sie in einer anderen Sprache zu sprechen – und in Ihr selbst verändert sich etwas; dann scheint es, daß Sie wirklich die ist, als welche Sie sich gibt – eine Italienerin! eine Engländerin! eine Japanerin! Wer weiß, vielleicht auch Französin...

Wer ist Sie, wenn Sie heute aufwacht? Ich sehe mich immer wieder nach den Birken um und beeile mich, bis zu Ihrem Erwachen mit dieser gelben Plage aufgeräumt zu haben. Und dann – noch hundert Schritte, und ich kann Sie betrachten. Hocke mich vor unseren Höhleneingang hin und kriege alles mit, lasse mir keinen einzigen Augenblick Ihres Erwachens entgehen...

3

Wir haben, lebend, uns im Paradies gefühlt,
Adam und Eva auf den Gartenwegen.
Der Frühlingswind, der Gott und Brautwerber
gespielt, gab uns mit raschelndem Geäst
den Segen.

Janka Kupala, Sie und ich

Als sich die erste Birke unter den Steinen hervorreckte, ein schwaches, schwankes Reis, ein wahres Weltwunder auf unserer damals noch kahlen Ratteninsel, fragte, nein, schrie Sie:

„Wer ist das?!“

Wer, nicht was. Sie hat Ihre Kindersprache auch jetzt noch nicht ganz verloren.

Aus irgendeinem Grund erinnere ich mich an die Zeit, als wir, Sie und ich, Kinder waren. Das ist es ja gerade, alles scheint gleichzeitig gewesen zu sein.

Wie ich Sie mit der zaghaften Verliebtheit eines kleinen Jungen heimlich beobachtete, wenn Sie im Kreis Ihrer Schulfreundinnen stand, und wie erschüttert ich war, als ich sie mit Verschwörermienen und irgendwie undurchschaubaren Gesichtern auf unser Schulklo zulaufen sah, nur eben zur anderen Tür. Natürlich war es für mich keine Neuigkeit, daß sie, wie auch wir, . . ., aber ausgerechnet Sie! Mein Ideal, das körperlos ätherisch in mir lebte und von dem ich die ganze Zeit immer ein bißchen wie unter Narkose stand, war entweiht.

Ich sehe Sie noch mit Ihrer Großmutter im Eisstadion. Oma hält Ihr schwarzes Pelzmäntelchen im Arm, während die Enkelin in hohen weißen Schlittschuhstiefeln staksig wie ein Storchenjunges Schlittschuhlaufen übt. Komisch anzusehen, wie Sie immer ein Bein vom Eis abhebt, als wäre Sie an etwas Heißes gekommen.

Ihr Gedächtnis hat das nicht mehr bewahrt, es setzt mit den Birken ein, als sie noch dünne Zweiglein waren. Natürlich erinnert Sie sich mit mir zusammen an die ungepanzerten Schildkröten und die umherflitzenden dreiköpfigen Ratten. Übrigens, einige Fasern Ihres Gedächtnisses reichen bis hinter die obskure Stahltür, die von der Nässe gelb und rostig geworden, da hinter dem Wasserfall. . .

An unsere neun Birken trauen sich die Blumen nicht heran. Sie ist fest davon überzeugt, daß die Birken sie abschrecken. Aber diese Stinkviecher wollen sich an unseren Birkenkindern rächen. Wir haben hier im Schutz der Birken sogar eigene „Beete“ angelegt. Die Erde trugen wir von der ganzen Insel zusammen, den Mutterboden klaubten und kratzten wir aus Ritzen und Felsspalten hervor und schleppten ihn dann in Plastiktüten zu unserem Birkenhain. Am Ufer liegen diese Tüten in Massen herum. Von weitem sehen sie aus wie erstarrter

Seifenschaum. Oder wie Quallen. Vielleicht sind das ja neue Quallen? Immerhin haben sich auch die Schildkröten völlig verändert, die wie Aufziehtiere panzerlos herumhoppeln – nur auf dem spastisch zuckenden Köpfchen tragen sie ihren kleinen Panzerschild.

In unseren Beeten halten wir Regenwürmer, die ersten freundlichen Lebewesen, die uns auf dieser Insel mit ihrer Nachbarschaft beehrten.

Wie wir uns gefreut hatten, wie glücklich wir waren, als das passierte! Sie hatte so aufgeschrien, daß ich zuerst erschrak und dachte, Ihr wäre etwas zugestoßen. Auf Ihrer Handfläche lag würdevoll ein Wurm. Wir berührten und streichelten ihn ein bißchen mit den Zeigefingern, pusteten ihn ganz vorsichtig an, wie man ein Feuer anbläst. Ich fragte Sie, wo und wie Sie ihn gefunden hatte. Sie zeigte auf die kleine Pfütze in der Felsspalte. Ich schaute unwillkürlich zu unserem niedrig hängenden Himmel hinauf. (Damals noch ein grauer Schleier, wie ein Mullverband über einen Trichter gespannt.) Als kleine Jungs waren wir fest davon überzeugt, daß die Regenwürmer vom Himmel fallen. Mit den Regenfäden zusammen.

Und Sie erst! Wie wild hatte Sie sich über Ihren Fund gefreut, so, als hätte Sie einen Bekannten getroffen. Lachend hielt Sie ihn sich vors Gesicht, neigte sich über ihn, wärmte ihn mit Ihrem Hauch. Und: „Mein Hopserchen“, „mein lebendiges Fädchen“, griff gar in die Lexik meiner Kindheitstage: „mein lebender Regenfaden“. Sie wärmte, streichelte und kitzelte ihn. Es fehlte nur noch, daß Sie ihn sich wie ein Vögelchen, ein flauschiges Küken, an die Wange gelegt hätte.

Unser himmlischer Gast, unser Regengott, schien den königlichen Empfang, den wir ihm bereiteten, auch nicht gerade gleichgültig aufzunehmen. Er zog sich zusammen, streckte sich geziert wieder und versetzte Sie damit in noch größeres Entzücken, um nicht zu sagen in Verzückung. Ich sah mich gezwungen, Ihr den Fund abzunehmen, weil ich Angst hatte, daß Sie ihn sonst zu Tode koste.

Wir suchten lange in den Felsspalten: Vielleicht läßt sich noch eine kleine Freundin für unseren Regengott finden. Der Name gefiel Ihr. Sie sah in meine schützend zusammengelegten Hände hinein und flüsterte: „Regenmacher, ach, du meine Himmelsgabe." Ich dozierte über die Vermehrung der Regenwürmer: kein bißchen paarig! „Die Ärmsten!" entfuhr es Ihr. „Brauchst gar nicht so zu lachen. . ."

Wir fanden noch andere, aber reichlich vermickerte, fast durchsichtige Exemplare. Sie sammelte die Würmer ein und trug sie in Ihren zu einer Schale geformten Händen, hauchte sie an, flüsterte ihnen etwas zu und plapperte drauflos wie ein Kind.

Nun kam uns der Gedanke an ein „Entbindungsheim" für die himmlischen Zugereisten, präziser an Beete, an eine Wurmschule. Oder, um es noch prosaischer auszudrücken, an ihre industrielle Reproduktion „auf japanischer Lizenzbasis". Die findigen Japaner hatten seinerzeit sogar aus Regenwürmern gewonnenes Eiweiß exportiert. Sie hielten sie in riesigen kastenförmigen Bassins. Warum auch nicht, schließlich ernährt sich Lebendes von Lebendigem, das ist nicht erst so, seit wir da sind. Das einzige Problem: Wie hält es der Wurm mit Plutonium und Cäsium? Andererseits essen wir ja Fische und Schildkröten, der Regenwurm ist aber immerhin von der Erde, wie wir. Wenn er auch unmerklich strahlt, so doch auch wieder nicht mehr als wir selbst.

Ekel ist hier auf unserer Insel fehl am Platz. Wenn irgend etwas meine neue Wilde bedrückte, dann höchstens Mitleid – die Würmer waren für Sie lebendiger als Fische.

Als Sie einmal krank war, päppelte ich Sie mit heißer Brühe auf. Sie trank und verzog das Gesicht, weil Ihr der Hals vom Schlucken weh tat. Wieder gesund, widmete Sie dem Regengott, von dessen Leib wir uns nährten, sogar ein Gebet. Sie faltete die Hände über Ihren kleinen festen Brüsten und rief laut, um die Ihr wiedergegebene Stimme zu erproben: „Danke, Regengottvater, Sohn und Enkel!“

Könnten die Menschen nicht auch vor tausend Jahren irgendwo in den Nadelwäldern so gebetet haben?

Manchmal, wenn sich der Appetit in Ihr regt, bringt mich dieses Wesen durch seine Ungeduld zum Lachen. Noch vor einer Minute wollte Sie nicht essen, vollkommen ausgeschlossen, aber auf einmal – Heißhunger! Dann hält Sie auch nicht eine Minute länger an sich. Sie verzieht das Gesicht, tritt leise jammernd von einem Bein aufs andere, lacht hektisch und schuldbewußt: Gib schon her!

Bei allem anderen ist Sie genauso: ein Vogeljunges mit genau so weit aufgesperrtem Schnabel:

Die Wurmbrühe heißt bei uns Milch. Ich erinnerte Sie daran: Es gab einmal eine solche Nahrung, die heiligste auf der Erde, Milch. Bis sich herausstellte, daß nichts gefährlicher war als sie. Und Kühe gab es, des Menschen beste und treueste Gefährten im Verlauf seiner überschaubaren Geschichte. Aber auch sie wurden zu paarhufigen, schnellen Brütern: Wenn eine Kuh ihren Fladen fallen ließ, war es, als explodiere ein Neutronengeschoß. Das friedliche Atom erwies sich als sein Gegenteil. Und was danach das Kriegsatom anrichtete, „weiß nur die dunkle Nacht“. Da, die finstere Wand rings um die Insel.

Ich, das sind wir, alle, die da waren und natürlich an allem schuld sind. Sie ist Richter und Staatsanwalt für jeden Einzelfall. Ein Kind Ihrer verschwenderischen Eltern, die Sie ausgeplündert hatten, die so dummdreist und erbärmlich waren, daß es Ihr nicht ausreichte, uns alle Kains zu nennen, sondern Sie prägte das unsinnige Wort von den Allkains!

„Mit eigenen Händen hätte ich euch, so . . . und so!“

Hätte Sie doch wenigstens die Blumen akzeptiert, sich mit ihnen abgefunden, sich mit ihnen vertragen. Die Insel ist einfach zu klein für Feindschaft. Und sei es gegen die Blumen. Was Sie aber nicht vermag, ist erstens zu warten und zweitens sich mit etwas abzufinden, was wider Ihre Natur ist. Unerklärter Krieg: Sie glaubt, daß die Blumen Ihr zum Trotz wüchsen. Und nur Ihretwegen Aasgeruch ausströmen, denn ich merke nichts davon.

Ich lebe mit Ihr auf einer Insel, auf unserer Familieninsel, aber anscheinend doch in völlig verschiedenen Welten. Eine andere Welt hat Sie nicht gekannt, erinnert Sie nicht. Für Sie ist unser Eiland etwas ganz Normales, und Ihr stehen noch so viele Entdeckungen bevor. Entdeckungen Ihrer selbst. Vor Ihr tut sich das Leben auf.

Manchmal habe ich direkt das Gefühl, daß unsere Insel überhaupt nicht auf der Erde ist.

. . . Ich stehe vor dem Eingang unseres Felsbaus, unseres Schlafgemachs, geräumig und ziemlich wohnlich, lege meine Sense vorsichtig beiseite, hocke mich hin und betrachte die Schlafende. Als ich wegging, lag Sie mit den Beinen zum Ausgang. Inzwischen hat Sie sich schon hierher gedreht, ganz genauso wie sich eine reifende Frucht zur Sonne hinwendet. Was gibt es denn Schöneres, Frischeres als einen rot angehauchten Apfel des Nordens, wenn er im Stroh liegt: Ihr blondes Haar hat sich mit dem braungewordenen Seetang, aus dem wir unsere Bettstatt gemacht hatten, verheddert.

Manchmal beobachte ich lange, wenn ich am Morgenfeuer sitze, was mit Ihr vorgeht, sobald ich Sie allein lasse. In nervöser Unruhe beginnt Sie umherzutasten – wo ist er hin, wo hat er sich verborgen –, aber die Augen einen Spalt zu öffnen, sich umzusehen, eine Minute Schlaf zu verschenken – das geht über Ihre Kräfte. Eine Freude zuzusehen, wie Sie, die Ärgerliche spielend, sich mal auf den Rücken mal auf den Bauch wirft, sich wie eine Magnetnadel dreht, bis Sie wie auf dem Schleudersitz Ihre Haarmassen nach draußen fegt, wo die Sonne ist. Und sich beruhigt.

Ihre Ohrmuscheln leuchten aus dem Gewirr der aufgelösten Haare und Tangfetzen hervor, eine Hand liegt unbewußt in Richtung der biblischen Sünde, teils schamhaft animierend, teils neckisch verbergend. Klassisch. Museal. Meine klassische Schönheit schläft kindlich fest. Weiß Sie, oder weiß Sie nicht, die Schelmin, daß ich da bin und Sie betrachte?

Ich wasche mir sorgfältig die Hände, wasche mich ganz unter unserer „Dusche". In meinem verliebten Eifer renne ich sogar zum Wasserfall, damit nur ja kein Blumengeruch an mir haftet. Sonst ist es nämlich schnell um die Freude geschehn, und der feierliche Augenblick Ihres Erwachens ist gleich zu Anfang verdorben und erloschen. Wie oft ist das nicht schon passiert: Morgendliches Schnaufen, glückliches Lächeln, und wie aus heiterem Himmel verzieht Sie voller Abscheu das Gesicht, fast wie im Schmerz, und der Morgen ist hinüber.

Heute habe ich mich extra gründlich gewaschen. Ich gehe in die Hocke und sehe dem Auftritt Ihrer Majestät entgegen.

„Wo bist du?" erklingt es aus den Tiefen des Schlafs, aus den Wandelgängen des Erwachens.

Oh, es ist gar nicht so leicht, die Augen aufzubekommen. Eine Kette heldenhafter Anstrengungen. Ich halte es nicht länger aus, Ihr nur zuzusehen und helfe ein wenig nach. Die geschlossenen Augen geküßt! Einst in der Kindheit, in **Ihrer Kindheit**, brachte ich es Ihr bei: Mach nicht gleich die Augen auf, überzeug dich erst mal, ob die Sonne mit Wolken verdeckt ist. Zuerst die Augen ein ganz klein wenig öffnen. Nachts, ja nachts kannst du dich umsehen, soviel du Lust hast. Ich weiß nicht recht, ob es bei uns so war, bei Ihr jedenfalls hat sich das gehalten. Vielleicht ist es aber auch nur die liebe weibliche Trägheit?

„Wo bist du denn?“ fragt Sie, die Augen immer noch geschlossen.

Sie bietet mir Ihr Antlitz zum Kuß. Verfinstert sich. Sei es von meinen Küssen, sei es, weil ich mit Absicht zögere. Sie klagt:

„Schon wieder was geträumt.“

„Dich darf man auch keinen Augenblick allein lassen! Wer ist denn diesmal gekommen?“

„Der Mond.“

„Auch so ein Rumtreiber wie du.“

„Ich bin nicht schuld.“

In der Nacht weckte Sie mich mehrmals auf und jammerte. Es ist anscheinend wirklich etwas passiert:

„Er läßt mich nicht schlafen.“

„Es gibt ihn doch gar nicht! Wo willst du denn den Mond gesehen haben? Hier hat er sich noch nie sehen lassen.“

Tatsächlich ist an unserem, wie aus einem Brunnenschacht gesehenen, runden Himmel alles an Ort und Stelle, also gut, nicht alles, aber immerhin vieles so wie früher, aber der Mond war noch kein einziges Mal da. Nur Sonne und Sterne.

„Und die Milchstraße, hat die sich wieder mal gezeigt?“

„Du lachst, und ich muß heulen im Schlaf.“

„Bist eben ein echter Fünf-Sterne-Engel.“

Ihre Augen, die ungeöffneten, füllen sich langsam mit Lachen. Bis es heraussprudelt und zwischen den Lidspalten hervorquillt.

Ich muß Ihr unbedingt erzählen, was mir gerade eingefallen ist:

„Bei irgendeinem Volk, weißt du, ich glaub, bei den Hethitern, haben sie den Mond „Schwangere“ genannt.“

„Du stehst mir in der Sonne. Nein, warte, wo willst du denn hin? Gleich wach ich auf, wirklich. Komm doch, dann stehst du mir auch nicht in der Sonne.“

Weiter geht es dann auf spanisch. Ach ja, heute sind wir also aus Sevilla oder aus Mexiko, Eldorado?

Wir beide sind auf einer Hochzeitsreise rund um die Welt. Über alle Kontinente, so wie jetzt, mit geschlossenen Augen.

Ich weiß nicht, was in Ihr vorgeht, aber ich spüre es ganz deutlich: **Es ist mir als Letztem vergönnt! Das Letzte vielleicht, das wird es nie wieder geben.**

Ich schnappe danach wie nach der Luft, die ausgeht, ein für allemal ausgeht. Mit jedem Japser will ich sie einfangen, das letzte Bißchen noch erwischen, wie die Mutter ihr Kind am Zipfel seiner Windel, aus der sich das wendige Kerlchen herauswindet.

Ihre Weltraumträume lassen sich auch so deuten: Als wir viele waren, interessierten sich die fernen Onkel und Tanten unserer Mutter-Erde wenig für uns: Sollen sie doch leben und sich tummeln, ihre zweibeinigen Lieblinge, solange ihr das gefällt. Und plötzlich stellten wir mit uns und unserer eigenen Mutter Unglaubliches an! Und jetzt reckte selbst der ferne Weltenraum den Hals, um besser sehen zu können: sieh mal einer an, die pfiffigen Kleinen!

Ich habe mich verphilosophiert, glaube ich, und ganz vergessen, warum ich hier bin und vor der Höhle hocke. Eine eingeschnappte Schmollstimme:

„Wo bleibst du denn?"

Die Augen sind endlich auf und freuen sich kindlich des Morgens.

„Ich warte doch so. . ."

Und plötzlich verzieht sich der zärtliche Mund vor Ekel, keine Spur von Koseglanz oder Verlangen mehr in den Augen, nur noch die blanke Wut:

„Schon wieder! Du schleppst schon wieder diesen Gestank rein!"

„Was denn für einen Gestank?" Jetzt bin ich natürlich auch eingeschnappt. „Was für einen Gestank denn, es gibt ihn nicht, verstehst du! Du hast dir bloß alles ausgedacht."

Ausgedacht klar, aber warum habe ich mir dann diesen nichtexistenten Gestank so eifrig abgewaschen? Komische Welt, in die wir hier geraten sind, kommandiert uns herum, schreibt uns unser Benehmen vor, selbst wenn es dem gesunden Menschenverstand zuwiderläuft. Wann war dieser Verstand eigentlich jemals gesund? Damals, als auch die Welt ganz anders war!

Ihre geschärften Sinne haben meinen ehrlichen, tiefsitzenden Groll, meine gekränkte männliche Eitelkeit, längst herausgehört. Ich entsinne mich nämlich, genau wie Sie natürlich auch, noch ganz genau des Morgens, als diese verdammten gelben Blumen hier auftauchten: **Ja, das war's, nach unserer ersten Nacht!** Liegt darin nicht auch des Rätsels Lösung? Als hätte Sie einen Schatten meiner gefährlichen Vermutung erahnt, verwandelt Sie sich sofort. Keine Schläfrigkeit mehr, und als hätte es nie herabgezogene Mundwinkel gegeben. Die reine Morgenseligkeit.

„Zieh!" aus der Höhle fliegen mir Ihre schlanken Arme entgegen. Sie zeigt mir, wie schön lang sie sind und was Sie überhaupt für eine ist: Arme, Hals, die emporgereckte, sich verjüngende Taille, der eingezogene Bauch und irgendwo dort weiter hinten die Beine – ein einziger sich rekelnder, sich streckender vielgliedriger Regengott, von meinem Blick aus seiner heidnischen Höhle gelockt.

Genug mit Blicken herausgelockt, jetzt heißt es zugepackt und Sie an den Armen nach und nach hervorgezerrt.

Ich ertaste Ihre Finger mit den meinen, streichle sie und drücke Ihre schmale Handfläche an die Erde, wo diese sich sogleich in ein flinkes Tierchen verwandelt, das mit seinen Krallen meine Hand streift. Nein, Sie hat es nicht so gemeint, die Augen sind unschuldig geschlossen, erwartungsvoll.

„Wo bleibst du denn? Zieh!“

Es macht uns beiden solchen Spaß, Sie aus dem Schlaf zu ziehen, Sie aus dem Felsbau zu schleifen, wenn Sie sich dabei so richtig lang macht. Sie wird dann so gleichgültig und gefügig, jedes Gelenk ist schläfrig entspannt. Sie läßt sich ziehen und dehnen, bleibt aber noch immer drinnen, nur daß an den Armbeugen und auf dem Bauch Ihre Haut etwas rosiger, heller wird. Ein lebendiger Endloszug, der sich irgendwo im Höhleninnern verliert. Zuerst nur mit den Armen in der Sonne, da sieht man erst, wie sonnengebräunt Sie ist, alles andere verharrt dort in der schummrigen Felsenkühle. Ich ziehe mit Bedacht, ganz langsam und dehne die Zeremonie möglichst lange aus. Jetzt kommt schon das Gesicht mit fest zugekniffenen Augen ans Tageslicht, Haare leuchten auf, ziehen sich flammend endlos hin, bleiben im Seetang hängen, Haare, goldenen Wogen gleich, dann die Schultern, die Brüste, wie Klippen tauchen sie aus den Wellen auf, zeigen sich und verschwinden dann wieder. Ihnen nach taucht mein Blick.

Seelenruhig überläßt Sie sich meinen Händen und Blicken, taub, auf nichts, um nichts in der Welt reagierend, ist Sie denn kein Zug, der sich mit seinen vielen Waggons aus dem Tunnel hervorschleppen läßt? Sie weiß nichts, fühlt und empfindet rein gar nichts! Man muß sich also auf eine Überraschung gefaßt machen. Kann sein, Sie springt mich an und klammert sich mit einem Tarzanschrei an mir fest oder stellt sonst noch was an. Diese Handzahmen kennen wir! Da haben wir es schon: mit der Zungenspitze züngelt Sie zur eigenen Schulter hin. Es sieht ganz so aus, als kämen wir heute nicht weit weg von unserer Höhle. Der lang sich hinziehende, lebendige Zug schiebt sich aus seinem Höhlendepot hervor, langsam wandert die Grenze von Licht und Schatten weiter, verjüngt sich fließend gegen den Bauch und erstreckt sich dann markant über beide Hüften. Im Sonnenlicht erst kommt Ihre Bräune voll zum Tragen, deshalb ist, was von Ihr noch in der Höhle verbleibt, heller als das, was schon draußen ist. Die Augen zu Sehschlitzen verengt, irgendwas blitzt da, Sie ist schon drauf und dran, die Spitzbübin, gleich geht's los. Vielleicht will Sie aber auch nur ein bißchen beobachten, sich vergewissern, wie man sich an Ihrem Anblick weidet und ob auch alles zum Empfang strammsteht und überhaupt Huld verdient hat. Der Arbeitsmann jedoch ruht aus von schwerem Tagewerk und hält, was er geschafft, in Händen: Das krönende Abschlußritual steht bevor. Jetzt ziehen wir das Längste heraus, was wir haben, die Beine. Sie wartet ergeben, geduldig und hört sich meinen Schwank von Dorfmeisterschaften im Wettlügen an („Als die Ochsen meines Opas vom Acker kamen, brauchten die Hörner allein schon elf Tage, um durchs Tor zu kommen.“) Keine Wimper zuckt. Elf Tage, na und? Abwarten, wie lange unsere Beine brauchen. . .

„Los, wir fangen an!“ Der Arbeitsmann holt erst mal tief Luft.

Ach, so ist das also heute! Federnd zieht Sie die Beine an und springt aus dem Höhlenschatten hervor, hängt sich an meinen Hals, wirbelt um mich herum, möglichst ohne dabei mit den Füßen den Boden zu berühren. Sie kreischt los vor Freude über Ihren Überraschungserfolg. Wieder ganz frostig, ordnet Sie an:

„Schluß. Gehn wir duschen.“

4

Chloe fand Daphnis schön, als sie ihn so sah und meinte, wenn sie ihn jetzt zum ersten Male so schön finde, müsse das Bad die Schönheit hervorgezaubert haben. Als sie ihm den Rücken wusch, fühlte sie unter ihren Händen das zarte Fleisch, so daß sie sich wiederholt heimlich berührte und prüfte, ob sein Fleisch zarter sei.

Long, Daphnis und Chloe

Wir gehen dahin, wo schon von fern das lebhafte Rauschen und Plätschern stürzenden Wassers zu vernehmen ist. Ich habe alle Pfade, die zum Wasserfall führen, abgemäht. Wir fühlen uns wohl, genauer gesagt Sie, nun ja, bei mir hängt das von Ihr ab. Mal geht Sie ruhig und friedlich, dann wieder hechtet Sie auf mich zu und hängt sich wieder an mich, zieht die Beine an: Schlepp mich! Zieh mich! Oder Sie kreischt einfach los. Wir nennen das: „Die Leere mit stummem Schrei erfüllen!" Das Merkwürdige an der Insel, was Sie, glaube ich, nicht wahrnimmt, ist, daß sie manchmal den Schall schluckt. Vieles bemerke nur ich, und auch dieses Phänomen verfolgt mich allein: Das Tosen des Wasserfalls ist weithin hörbar, und wenn ein Stein herunterfällt, hallt es laut wider, aber Schreie – wie in Watte. Deshalb ist man auch versucht, leiser zu sprechen. Mir jedenfalls geht es so, aber Sie scheint überhaupt nichts zu bedrücken. Was soll schon weiter sein, es ist ja eine verrückte Insel. Einige Verrücktheiten ignorieren wir einfach wie auf Verabredung. Scheuklappen, bloß nicht zur Seite sehen. Damit kommen wir auch nicht schlechter zurecht als ein Mensch tief unten im Brunnenschacht. Wo soll er denn sonst hingucken, wenn nicht nach oben, in den Himmel? Doch nicht auf die Wände, die ihn von allen Seiten bedrücken und einengen. Wir schauen in den Himmel und außerdem aufeinander. Denn wir sind zum Glück zu zweit. Die am Himmel strahlende Sonne wandert tagsüber nicht wie früher auf gewölbter Bahn, sondern im Kreis. Wir haben uns schon daran gewöhnt. Ist vielleicht gar nicht so schlecht, im Kreis, wenn wir nun irgendwo in Polnähe sind? Wir haben gelernt, uns über nichts mehr zu wundern. Auch nicht darüber, daß die Sterne des Nachts, und zwar alle, auf unserem tellerrunden Himmelsausschnitt Platz finden.

Alles, was uns irritieren könnte, sehen wir erst gar nicht. Den Steilhang dieser bedrückenden Finsternis um uns herum, unsere Brunnenwände, die sich hoch über uns auftürmen. Risse, gefächert, flammenden Blitzen gleich, durchschneiden sie stumm, unhörbar. Wenn man sie schon nicht hört, braucht man auch nicht hinzusehen. Und was man nicht sieht, gibt es eben nicht. Schließlich haben wir etwas, das anzusehen sich lohnt: uns beide!

Manchmal (bei Seeleuten bringt der Beruf das mit sich) schätze ich doch die Entfernung bis zu diesen Wänden, wie weit mögen die Blitze von uns entfernt sein? Hundert Meter? Fünf Kilometer? Das sieht man von Mal zu Mal verschieden.

Über kahlen, flachen Fels steigen wir zum Wasserfall hinauf. Die Wassermassen der Flut speisen ihn. Des Nachts ergießt sich dort oben eine Flutwelle in eine riesige Granitschale. Süß zieht es sie, wie die Träume meiner Eva, zum unsichtbaren Mond. Das Wasser reicht genau für einen Tag. Es fließt glatt wie Öl und regenbogenbekränzt durch einen breiten Spalt und stürzt steinern tönend auf eine Felsschräge hinab. Anfangs waren wir nicht auf den Gedanken gekommen, daß unser „Komfort“ von Menschenhand geschaffen war, und zwar durch eine professionell präzise gelenkte Explosion.

Hinter dieser stürzenden Wasserwand steckt noch ein Geheimnis, ebenfalls menschlich. Wozu dieser künstliche Wasserfall gut war oder sein sollte, können wir uns einigermaßen vorstellen, versuchen aber nicht daran zu denken, sprechen lieber nicht darüber. Uns reicht, daß wir diese Luxusdusche haben, einen Ort, an dem wir die fröhlichsten Stunden des Tages verbringen. Hier decken wir uns auch mit Fisch ein. Aus fünf Meter Höhe fällt das Wasser nieder, und die betäubten Fische fliegen wie Splitter nach allen Seiten, und wir, besonders Sie, stürzen uns schreiend auf sie und machen Beute. Furchtsam wirft Sie den Kopf zurück und zur Seite, preßt den zappelnden Fisch aus Leibeskräften gegen Bauch und Brust, ruft flehentlich:

„Nimm du ihn, ich hab Angst!“

Auch Krabben kommen vor. Sie sind wie die Uferschildkröten fast nackt, ungepanzert und großen rosa Spinnen ähnlich.

Das Tosen des Wassers und die aufgeregten Schreie meiner Eva, das ist immer unser Morgenfest. Aber die ganze Zeit über hören wir (höre ich) die bedrückende Stille, das Schweigen der Stahltür hinter dem Wasservorhang. Dieser rostig gelben, schmalen, zweiflügeligen Tür, wie es sie früher in den Aufzügen gab und die hier irgend jemand versteckt hat.

Wenn man von der Seite herantritt oder, noch besser, sich zwischen Fels- und Wasserwand hindurchschlängelt, kann man das kalte Metall berühren und mit den Fingern die rostigen Risse zwischen den Türflügeln abtasten. Der Rost wuchert in Beulen und Flocken, schreiend gelb, genau wie jene Blumen. Ich habe mit einem Stein dagegen geklopft, um herauszufinden, wie dick die Tür ist: Der Plattenbrocken bringt es auf einen guten halben Meter.

Manchmal bin ich auch alleine hier, um von mir abzuwaschen, was Ihr wie Verwesungsgestank vorkommt. Sie kommt ohne mich nie her. Sie mag es auch nicht, wenn ich Sie hier alleine zurücklasse. Wenn ich mich nur mal nach Trinkwasser zu unserer Sprudelquelle aufmache, rennt Sie, springt Sie wie ein Hündchen hinter mir her. Und wenn Sie trotzdem mal bei unserer Küche zurückbleibt, denn auch hier glimmt ein Feuerchen für uns, singt Sie laut drauflos, um sich zu hören und weil Sie weiß, daß auch ich Sie dann höre. Die Tür, die Tür ist der Grund dafür.

Wenn wir uns ausgetobt haben und es süß in den Muskeln zieht, fliehen wir den grimmen Wasserstrahl und strecken uns auf den warmen Steinen aus. Fische und Krabben haben wir genug gesammelt. Sie rudern jetzt in unserer Spezialwanne, einer Vertiefung im Fels, die wir mit Wasser gefüllt haben.

In Augenblicken wie diesen redet Sie mit Vorliebe von Dingen, an die zu denken oder über die zu sprechen wir sonst vermeiden. Ich versuche dann, Sie aufzuheitern und das Thema zu wechseln:

„Wenn Phantasie sich sonst mit kühnem Flug und hoffnungsvoll zum Ewigen erweitert. . .“

Der U-Boot-Käpt'n gibt mit einem „Faust“-Zitat an. Ich kann auch mit der „Ilias“ dienen oder mit Shakespeare. Unsterbliche Worte, Sentenzen, Gedanken. Es schien einst, daß ihnen Verschleiß erspart bliebe, daß sie Milliarden Menschen noch für Tausende Jahre reichten. Geblieben ist mir – für wie lange eigentlich noch? – was der wackelige Kahn meiner Erinnerung einst aufnahm: Bruchstücke, Splitter, Fetzen.

Ich habe, scheint's, die Frau obendrein noch deprimiert.

„Bist du bei Laune? Ich nicht. Diese Tür da. . .“

„Was hast du bloß dauernd mit deiner Tür! Irgend so ein Vorratsraum.“

„Und wenn ich die Augen zumache, wieso springen dann gleich überall Flämmchen auf? Siehst du sie denn nicht?. . .“

Beschwörend streichle ich Ihre abgekühlte Schulter: Komm, laß doch. Wenn man aber Ihre Haut so berührt, ist „Komm, laß doch“ nicht mehr weit von „Komm!“, ungefähr so weit, wie von Ihrer Schulter zur Brust . . . Hier wird meine Hand kräftig zusammengedrückt und auf dem warmen Gestein abgelegt.

„So. Nimm sie weg und laß sie nicht wieder her. Sonst könnt ihr euch beide ein paar Schellen einfangen!“

Das Lachen in Ihrer Stimme hält sich nicht lange.

„Ich wüßte gern ganz genau, was mit der Insel und was mit uns passiert, ob das alles wirklich wahr ist. Ich will auf der Stelle eine uralte Frau werden, wenn ich das nur rauskriegen könnte, ehrlich.“

„Das wirst du schon noch früh genug. Und Mutter, und Uroma. Weißt du, wer du bist?“

Ablenken, wenn ich Sie bloß von dieser gelben Tür ablenken könnte!

„Wenn der Mann die lebendige Fortsetzung dieser Steine und dieses Wasserfalls ist, dann ist die Frau die Zeit, das Geheimnisvollste, was die Materie bereithält. Das, was uns ruft und in die Zukunft mitreißt. Durch Geburt und Tod hindurch. Es kann uns auch mal so über die Milchstraße hinreißen, daß wir sogar euch vergessen."

„Siehst du!"

„Daß das All sich ausbreitet und auseinanderfliegt, kommt von euch, das seid alles ihr. Beschwert euch also nicht, wenn wir euch nachjagen, dann nicht mehr einhalten können. Sagte jedenfalls unser Odessaer immer."

„Euer was?"

„Mein Vize. Irgendwann erzähl ich dir davon noch."

„Ich bin wohl eine taube Nuß, was?" fängt Sie schon wieder an. „Ich hab wieder von diesen Viechern geträumt, rastlose, gewissenlose Freßsäcke! Aber ich bin eine taube Nuß, glaube ich, entschuldige. . ."

Sie erhebt sich und geht weg. In Ordnung, ich hör' lieber auf. Soll Sie selbst zur Ruhe kommen. Die Augen fest geschlossen, wirft Sie den Kopf in den Nacken und streckt sich so der Sonne entgegen, daß Ihre Haare fast bis an die Fersen reichen. So steht Sie jetzt über mir, wie ein schamloser Eiffelturm. Und ich sehe zu Ihr auf, erdrückt von der architektonischen Pracht.

Unserer Nackheit schämen wir uns nicht. Meine ist nicht der Rede wert, und Ihre Blöße sieht man und sieht sie auch wieder nicht. Als ob man direkt in grelles Licht guckt. . .

5

Gehöre dir mein Haus, mein Hof, mein Herd,
mein Leben, mein Geschick sei dir geweiht!
Sitz hier am schönsten Platz, von mir geliebt,
geehrt – an unsere Zukunft denken wir zu zweit.

Janka Kupala, Sie und ich

Wir machen Frühstück. Sie wird bald etwas essen wollen: Hungeralarm! Wir fangen lieber rechtzeitig an. Ich kenn' dich doch, heute ist nicht unser erster Tag. Wahrhaftig nicht. Wir haben sogar schon gemeinsame Erinnerungen. Wie wir diese Zweitküche hier eingerichtet haben, damit wir uns schon hier, gleich nach dem Duschen, sättigen können, „das Tier abfüttern", ein Kompliment für Ihren Appetit, und das ist nun wirklich keine Übertreibung. Jetzt haben wir hier Fische und Krabben, auch wenn sie aussehen wie Spinnen. Es gab aber Zeiten, da waren Spinnen unsere einzigen Nachbarn auf der Insel. Von allen Felswänden hingen weiße zerfetzte Netze, wie locker mit Rauhreif überzogen, und Stränge gigantischer Spinnweben herab. In diesen ließen sich augenlose, schwarze Fleischbälle schaukeln. Ohne Augen und blind, wie sie waren, verfolgten sie uns doch unablässig, verständigten sich auch irgendwie mit ihren Artgenossen auf der anderen Seite der Insel über unsere Bewegungen: Auf ein lautloses Signal hin eilten sie von überall herbei, wir brauchten uns nur für die Nacht in der Höhle zu verkriechen oder auch nur unter einem Felsvorsprung einzuschlafen. Wir wachten auf und sahen uns von Stricken umwoben, wie Gulliver bei den Liliputs. Mit ihren Spinnennetzen hatten sie uns dermaßen eingesponnen, als wollten sie uns tatsächlich jede Bewegung unmöglich machen, uns einmauern und nicht mehr rauslassen. Über Nacht verstopften sie den Zugang zu unserer Wohnstatt wie für alle Ewigkeit mit einer weißen klebrigen Masse.

Die Birken bekamen besonders viel ab. Die in ihren Netzen umherhuschenden Blinden schienen zu wissen, daß die Birken uns das einzig heimatlich Vertraute auf dieser Insel waren. Damals, als sie noch zarte, schwache Triebe waren, mußten wir sie jeden Morgen von dieser schweren breiigen Masse befreien und wieder aufrichten. Es war, als ob Anfang Juni überraschend Schnee gefallen wäre.

Wir hatten Hunger und zierten uns nicht lange, kochten die Pampe und erhielten so eine Art Brei. Nicht übel, ein bißchen säuerlich. Wir hatten nichts anderes. Ob Sie Ihren unerträglichen Heißhunger noch von damals hat?

Die Insel war nicht so gelblich grau wie jetzt, sondern schneeweiß, eine kleine Antarktis.

In der Natur ging etwas Ungutes, Unverständliches vor, was Wunder auch, sie wand sich im Todeskrampf und wollte unbedingt, noch bevor der Vorhang fällt, etwas gebären, hervorbringen, aber ihr gestörter Genmechanismus stieß nur noch Mißgeburten aus, absurde Wahngebilde wie diese dreiköpfigen Ratten, die sich selbst totbissen und fraßen.

An die Spinnen, unsere Ernährer, hatten wir uns sogar gewöhnt, die waren harmlos. Wir mochten sie noch mehr, als plötzlich, in einer einzigen Nacht, sich alles änderte und zwar, wie jetzt immer, nicht zum Besseren, sondern zum Schlechteren. Ich wachte davon auf, daß jemand neben mir zitterte und sich an mir festklammerte. Das war Sie. Sie horchte und bat mich, nicht wieder einzuschlafen, zu horchen. Von draußen kam ein widerliches Quieken. Es schien, als schüttele sich die ganze Insel vor Ekel und erbebe unter den auf ihr hin und her wetzenden Ratten. Sie verschlangen die Spinnen. Die armen Kreaturen versuchten, sich in unserer Höhle zu verkriechen, und bei der Gelegenheit konnten wir unsere neuen Nachbarn auf der Insel aus der Nähe betrachten. Diese Ratten sahen aus wie magere Nutrias, nur mit mehreren Köpfen. Drei oder vier zähnefletschende Rachen auf Stengelhälsen. Spinnen gab es keine mehr, und die Ratten jagten sich bereits gegenseitig. Ein Monat in dieser Nachbarschaft – der reinste Horror. Die Ratten fürchteten sich voreinander, winselten und spürten unablässig nach etwas, an dem sie sich festbeißen konnten. Und weil jede Rattenschnauze auf einem langen Hals saß und somit zu ihren eigenen Köpfen und Hälsen hinlangen konnte, fingen sie an, sich in ihrer blindwütigen Panik selbst anzufressen, und merkten gar nicht, daß ihr eigenes Blut floß.

Als auch die Ratten schlagertig verschwunden waren (als hätten wir einen bösen Traum gehabt), warf es aus dem betäubten, durcheinandergeratenen Leib des Lebens diese glibberigen Riesenblumen hervor. Der Hunger hatte uns schon so weit, daß wir uns auch auf sie gestürzt hätten, wenn nicht ihr vermeintlicher Geruch gewesen wäre, und, das Entscheidenste, hätte nicht der Wasserfall den ersten Fisch und eine kleine Krabbe hervorgespült. Es sah ganz so aus, als kehre ein Abglanz der einstigen, der normalen Welt zurück. Na gut, nicht ganz, aber immerhin. Bald darauf ließen sich auch unsere guten, lieben Himmelsboten sehen, die Regenwürmer.

Mit ihnen beschäftigt sich gerade meine Frau, während ich über dem Feuerchen, das stets in einer Felsspalte schwelt, Fisch brate.

Wir haben schon mehrere Steinwannen, in denen wir unsere Eiweißlieferanten aufziehen. Unseren Himmelsgästen, den Regenwürmern, werfen wir alle möglichen Speisereste vor: Seid fruchtbar und mehret euch! Wie im Raumschiff – geschlossener Kreislauf.

Sie sitzt mit untergeschlagenem Bein, in Ihrer Lieblingsstellung, und zeigt mir Ihre vom vielen barfußlaufen abgewetzte runde Ferse. Die Haare hat Sie über die Schulter geworfen, damit sie Sie nicht stören, und sortiert die rosig-graue Masse. Sie greift sich eine Handvoll Regenwürmer, sie hängen Ihr zwischen den Fingern herunter, und vergafft sich regelrecht in sie, ganz so, wie sich in alten Zeiten Ihre Schwestern am Anblick von Perlenketten weideten. Sie so, wie Sie jetzt ist, zu beobachten – etwas Interessanteres gibt es nicht auf der Welt, etwas Schöneres ist mir nicht geblieben. Zuerst liebkost Sie die Regenwürmer mit Ihren Fingern und Blicken, spielt verliebt mit den lebendigen Ketten, teilt die für unsere Brühe erforderliche Portion ab und begibt sich zu einem anderen Becken. Hier wird Sie die Würmer waschen und anschließend zwischen zwei Steinen zerreiben. Sie hält jedoch inne, stellt sich neben mich ans Feuer und zieht bedeutsam den appetitlichen Duft gebratenen Fisches ein. Zwischen gespreizten Fingern hält Sie geschickt, wie Garn, die sich windenden Himmelsboten.

„Du mußt nämlich wissen. . .“

Sie erzählt mir wieder einen Traum, läßt Ihre Hände dabei nicht aus den Augen und redet zärtlich auf das ein, was Sie an Ihren Fingern hat: „Wo willst du denn hin, Dummerle? Nun bleib doch mal ruhig sitzen.“

Ich habe den Verdacht, daß Sie Ihren Traum erst heute morgen zusammengedichtet hat, man wird aus Ihr nie schlau.

„Ich habe geträumt, daß ich ein Baby mit drei Köpfen habe. Ich küsse sie und streichle sie, das eine Gesichtchen lacht, das andere will gerade weinen. . .“

„Ach nein, laß doch lieber jedes einzeln kommen.“

„Wie du willst. Ich gebäre auch nicht schlechter als eure Schlampen.“

Aha, das ist die Rache für „Ich bin wohl eine taube Nuß, was?“, als hätte nicht Sie, sondern ich das ausgesprochen.

Kindlich munter plaudert Sie drauflos und weiß gar nicht, was Sie da Teuflisches zusammenredet! Die Natur hatte die schweren Elemente und ihre für uns gefährlichen Geheimnisse tief verborgen, wir aber zerrten sie ans Tageslicht. Wir pflanzten bald auf dem einen, bald auf dem anderen Ende des Planeten unsere Heimwerkervulkane und säten unsichtbaren Tod und Mißgeburten. Alles, was früher an den Ursprung des Lebens, an die Reinheit des Lebensborns denken ließ – Grünpflanzen, Milch, Kinder –, existierte nur noch in pervertierter Form. Ein frischgemähter, duftender Rasen vor einem Museum: „Mich würde mal interessieren, wieviel Millirem der hat.“ Herbstliches Leuchten der Birken, die Zeit glücklicher Melancholie wie von ungefähr, ein Strahlen ist das, die **Strahlung** . . . Die Blätter auf dem Asphalt, wie Funken eines nicht sichtbaren, unheilvollen Brandes. Ein kleines Mädchen hält zwei Milchflaschen im Arm: „Wer hat ihr denn diese Granaten gegeben?“ Ein Schwarm lärmender Schulkinder stürmt einen U-Bahnwagen. Was fällt einem sofort ein? Die Schilddrüsen, die kleinen Lebern, die Röntgen und Millirem, die kindlichen Zellen saugen doch alles auf wie Schwämme. . .

Mit absoluter Treffgenauigkeit hat Sie der Hamstertrommel meiner Erinnerung nachgespürt und feuert es mir wie ein Holzscheit hinterher:

„Das habt alles ihr angerichtet, ihr Kains, ihr Allkains!“

Und entfernt sich in majästetischem Zorn, wendet sich wieder Ihren Würmern, Ihrer Brühe zu.

Ich weiß auch nicht warum, aber mir fällt ein Bild ein, das ich in der New-Yorker Gemäldegalerie gesehen habe: Soldaten sind zu einer kantig nach vorn ausgerichteten Phalanx angetreten und stehen einer ebensolchen Phalanx von Feinden gegenüber. Beide strecken einander ihre Gewehrmündungen entgegen, und jeden Augenblick kann die Knallerei losgehen. Hüben wie drüben ist auf jedem Gesicht nur ein einziges mandelförmiges Auge, bei den einen links, bei den anderen entsprechend rechts.

„Wir haben’s einfach nicht mehr rechtzeitig begriffen“, erkläre ich Ihr, aber so, als wendete ich mich zugleich an das Vergangene. „Dabei hätten wir es doch begreifen müssen, und zwar so schnell wie möglich: Mit einem Auge, egal, ob mit dem linken oder dem rechten, erkennst du die ganze Wahrheit nicht. Der rechts steht, braucht das linke, und der links das rechte. Zum räumlichen Sehen. Man meinte, daß es darauf ankommt, eine reiche genetische Fundgrube zu bewahren, die Mannigfaltigkeit der Nationalkulturen, bei den sozialen Strukturen dagegen legte es jeder darauf an, die des anderen plattzudrücken und nur seine eigene gelten zu lassen."

„Es war euch immer zu eng!" läßt Sie sich von weitem vernehmen und der Würmer zerreibende Stein knirscht unter Ihren Händen.

„Jawohl. Wie dem Fuhrmann in der Steppe. Der hatte aus Versehen einen Topf mit Brei umgekippt und fluchte los: ‚Verdammt eng hier!'"

„Ich hätte euch alle eigenhändig erschlagen!"

Mit diesen Worten geht Sie zum Wasserfall, um sich die Hände zu waschen. Die Strafe folgt auf dem Fuße, denn gerade als Sie im Begriff ist, hinter den Wasservorhang zu treten, gerät Sie in einen Hinterhalt der Blumen. Am Morgen waren sie noch nicht da, ich hatte extra nachgesehen. Ich stürze Ihrem entnervten Aufschrei entgegen.

6

Als sie nun in der Nacht wieder nicht schlafen konnten, das Geschehene überdachten und die Unterlassung beklagten, meinten sie: „Da haben wir uns nun geküßt, und es hat nichts geholfen; wir haben uns umarmt und sind damit keinen Schritt weitergekommen – also ist das einzige Mittel gegen die Liebe, daß wir uns zusammen niederlegen. Man muß es auch damit versuchen; sicher wohnt dem eine größere Kraft inne als dem Kuß."

Long, Daphnis und Chloe

Eins die Lippen, flochten Arme sich zum Kranz.
Da verloren unsre Füße jäh den Halt.
Opfer eines rasend wilden Brands –
Sonne, Blumen, Gras um uns geballt . . .

Janka Kupala, Sie und ich

Sie hat Durst. Also die zweihundert Meter runter zur Quelle, aber da sind diese Blumen, sie schießen wie rasend hervor. Dann soll ich wohl den Schluck Wasser in Händen herbeischaffen? Warum eigentlich nicht?

Na gut, da sind die Plastiktüten, der ganze Strand ist überschwemmt von diesen schrumpeligen, vom Sand verwaschenen Dingern. **Je stärker der Sturm, desto mehr Quallen** . . . Na und? Wir kochen schließlich unsere Brühe aus Regenwürmern in einer komischen dreieckigen Blechdose, außerdem haben wir noch ein Stück Blech, auf dem wir Fisch braten: **Wie sollte es auch ohne Eisen gehen, mit dieser Metalltür gleich nebenan. . .**

Hier läuft längst nicht mehr alles nach der alten Logik. Ich werde also Wasser in meinen Händen herbeischaffen, und zwar nicht etwa, weil wir spielen, sondern als wären diese Tüten und diese komischen Dosen überhaupt nicht da. Als gäbe es rein gar nichts von alledem. Uns vielleicht auch nicht . . . Stop! Geh lieber erst mal Wasser holen. Wir sind ohne jede Kleidung. Wir laufen nackt herum, weil es schwül ist, dauernd schwül. Mir jedenfalls. Und weil ich Sie sehe, sehen will. **Es gibt das,**

was man will, und wenn es etwas nicht gibt, dann deshalb, weil es nicht notwendig ist.

Mit den Blumen ist es schließlich genauso: Ihr kommt es so vor, als würden sie fürchterlich stinken, und ich tue so, als wären das gar keine Blumen und auch keine Pilze, sondern ein aufgewühltes Massengrab. Deshalb renne ich auch hin und her, hoch und runter, weil Sie nicht zur Quelle herabsteigen will, Sie kommt um in diesem aufdringlichen Gestank. Natürlich zerrinnt mir das Wasser zwischen den Händen, aber darum geht es überhaupt nicht. Es geht um meine täppischen Bemühungen und um den dankbaren, zärtlichen Blick, mit dem ich jedes Mal empfangen werde.

Wenn ich meine emsige Hausfrau von unten beobachte, nein, nicht die Küche, nicht ich beschäftige Sie . . . Sie schaut fasziniert zum Wasserfall hinüber, ich weiß aber, daß Sie **dorthin, hinter den Wasserfall sieht**. . .

Ich nehme noch einen tiefen Schluck aus der kalten, murmelnden Quelle (den eigenen Durst kriege ich nie so recht gestillt) und sehe zu, daß ich hochkomme. Bin ich froh, daß ich meine Augen schützen konnte! Sie sind mir geblieben, damit irgendwer Sie sehen kann. **Mir, damit irgendwer** . . . Selbst wenn es so sein sollte, einverstanden. Hauptsache, ich sehe Sie. . .

Ihre Nacktheit kann auch ganz, ganz anders aussehen, nicht so beiläufig keusch wie jetzt, sondern grell und gereizt, dann ist Ihr die eigene Haut im Weg, stört, behindert Sie. Die jetzt runterreißen und näher, ganz nah ran an etwas in Ihr selbst, das sich Ihr verweigert. . .

Ihr erstes Staunen über den Schmerz, Tränen der Kränkung gar sind nicht endgültig von Ihr gewichen. Das bleibt und wühlt. Das, was Zärtlichkeiten verheißt und an das Sie sich scheinbar erinnert, das Sie ahnt, von dem Sie weiß, ist immer noch nicht da. Einmal wollte ich auf Ihre hektische Gereiztheit antworten, indem ich Ihr ohne Arg von Milliarden Frauen erzählte, die Ihr bestätigen könnten, daß das mit nichts auf der Welt zu vergleichen ist, auweia, das ging natürlich voll daneben!

„Sollen sie doch verrecken!"

Als Sie das in Ihrer Eifersucht herausschrie, waren die Milliarden Frauen für einen Augenblick wieder in Ihr, der Letzten, lebendig geworden.

Die gelben Blumen sind wirklich seit unserer ersten Nacht da. **Fortsetzung dieser schönen Nacht?** Vielleicht war sie auch nur für mich so schön, woher soll ich das wissen? Mir war es so vorgekommen, als zöge sich dieser wonnige Halbschlaf endlos hin, ab und zu unterbrochen von plötzlichem Erwachen und froher Gewißheit: Das war da! Das war wirklich! Und schon kam ein anderer, ein **Familiengeruch** in unsere Höhle geweht. . .

An jenem Morgen war ich von einem Freudenschrei erwacht. Ich lehnte mich wie Sie hinaus, dem Licht entgegen, und traute meinen Augen kaum: Erde, Himmel, Luft, alles um uns her schwankte, pulsierte, schien sich gleich loßreißen und wegfliegen zu wollen. Die Welt war ein einziges Gelb, ein flimmernder Schein, wie Nordlicht. Mit dankbaren Augen hatte Sie sich noch nach mir umgesehen und schritt wie ein Hirsch weit aus, auf die neue Schönheit zu, rannte vertrauensvoll wie ein Kind auf eine Wiese los . . . Danach, mit hängenden Armen, besah Sie angewidert Ihre gespreizten Finger. Ich eilte Ihr zu Hilfe, blickte überhaupt nicht durch, und Sie kam mir wie ein schuldlos gescholtenes Kind entgegen. . .

Jetzt schaue ich von weitem zu Ihr hinauf, sehe, wie gespannt Sie innerlich ist, mit der Tür hinter dem Wasserfall allein gelassen, sehe, wie das hinter der Tür verborgene Geheimnis Sie schreckt und lockt. Sie bemerkt, wie ich Sie beobachte, und als würde Sie die Versuchung damit abschütteln, ruft Sie mir zu:

„Schluß mit der Rennerei, ich hab keinen Durst mehr!"

Ich klettere zu Ihr auf den Felsen. Erwartungsvoll schaut Sie auf meine zusammengepreßten Lippen und aufgeblähten Backen, lacht auf und hält mir Ihren Mund hin wie ein Vogeljunges den Schnabel. Erst tränke ich, dann küsse ich Sie: zwei gute Taten auf einmal.

In Ihr ist alles Verbliebene in eins versammelt, alles, was jemandes Existenz noch einen Sinn zu geben vermag. Meiner Existenz. Vielleicht ist deshalb so viel von allem in Ihr, so viel Verschiedenes dazu.

In Ihren feinen Zügen wie auch in Ihrem Charakter insgesamt kommen der orientalische Frauentyp und der slawische, dann wieder mal der europäische zum Vorschein, und es kann vorkommen, daß Sie dir ganz gehorsam, mit fragendem Blick in die Augen sieht: Ist irgend etwas? Ist etwas nicht in Ordnung? Hab' ich was Falsches gesagt, hab' ich was falsch gemacht?

Auf einmal kommt es Ihr vor, als ob man das Orientalische an Ihr, als ob man Sie, die Verzagte und Demutsvolle, nicht gebührend schätzte. Na gut, dann nehmt, was ihr verdient habt! Es ist, wie wenn Sie einen Steilhang runterrennt: Sofort eine andere Stimme, alles ganz anders. Keine Rede mehr von Orient oder von Norden, nein, es ist Afrika selbst: Die Flügel der feingeschnittenen Nase erbeben sogar leicht vor Anspannung.

Mit Ihren Haaren ist es genauso. Sie sind nicht schwarz, nicht blond, ihre Farbe, genauer ihr Licht, ist unwahrscheinlich wechselhaft. Des Morgens, hier am Wasserfall, spielt ein helles Grün hinein, gehen wir zurück, wirft der Wind sie wie einen Rabenflügel hoch. Abends leuchten sie honigfarben und geben das Abendrot wieder. Manchmal schimmern sie grau. Dann klagen sie.

Im Lauf des Tages riechen Ihre Haare auch jedesmal anders. Nachts wie Bienenwachs und gegen Morgen – als hätte jemand irgendwo Essig verschüttet.

Mal sind sie glatt wie ein Pferdeschwanz, dann kräuseln sie sich wieder zu flaumigen Locken, besonders um Ihre reine Stirn. Und auf dem Rücken wie eine Uferwoge, die gegen Klippen schlägt, so aufgewirbelt.

Jedesmal schimmern Ihre Haare anders, und Ihr Gesicht kann mal dunkler sein oder sich aufhellen, das hängt ganz von Ihren Augen ab, ob ihr Blau heller oder tiefer ist. Sie hat übrigens dunkle Augen, oder stop mal, wie sind die denn eigentlich?

Man muß es jedesmal neu herausfinden, genau hinsehen.

Wir gehen zum Strand hinunter, zum Ozean. Er ist ruhig und zärtlich in Ufernähe, wie ein Fluß in der Ebene. Was weiter weg ist, sehen wir lieber nicht. Dort türmen sich schwarze, hundertmeter hohe Wassersäulen auf, sie winden sich, schrauben sich in die Höhe, stehen da wie Berge und stürzen lautlos in sich zusammen.

Dafür gehört der Sandstrand, von menschlichen Fußabdrücken gezeichnet, nur uns allein. Hier und dort, vertrocknet, teils verwischt Schriftzeichen unserer Liebe. Manchmal kommt Sie angefegt: „Du, ich hab dir einen Brief geschrieben."

Ich trödele absichtlich.

Sie gleich: "Dann lösch' ich ihn eben wieder!" Sie bleibt aber doch auf dem Felsen stehen und sieht zu, wie der Empfänger Ihre Zeilen abläuft und entziffert. Sie wartet, bis ich die Antwort geschrieben habe, und rennt runter.

Ab und zu bleiben wir den halben Tag zusammen, machen keinen Schritt ohne den anderen, bis einer von uns plötzlich fragt:

„Sag mal, ist kein Brief für mich da?"

„Von wem?"

„Irgendwer wird mir schon schreiben."

„Ein Telegramm. Ich lese es Ihnen per Telefon vor."

„Ja. Bitte, lesen Sie."

Eifersüchtig unterstreicht Sie „Liebster" und „habe Sehnsucht", den Blick ernst umwölkt, und ist echt verstimmt. Zwischen Spiel und Ernst liegen bei Ihr Millimeter.

Diesmal zieht Sie mich gleich ins Wasser, das von etwas Verbranntem, Heißem, aber schon Abkühlendem aufgeheizt scheint. Wasser ist Ihr Urelement. Wenn Sie in der Vergangenheit jemand gewesen ist, dann ein Delphin. Oder eine Meeräffin. Irgendwo habe ich gelesen, daß wir direkt von den Bäumen in den Ozean gesprungen sind. Genauer gesagt, sind die Bäume in der Dürre eingegangen, und Raubtiere haben uns ins Wasser gejagt.

Überhaupt ist Ihre ganze Schönheit ein Werk des Wassers. Mit nach Affenart offenen Nasenlöchern kann man keine Welle frontal anschwimmen, und so entstand dieses feine edle Näschen. Das Meersalz hat dann das ganze Fell weggefressen, aber der Kopf war über Wasser, daher sind Ihre Haare auch selbst sanfte Wellen. Die Zitzen wanderten auch ein Stück höher, um den Nachwuchs im Wasser stehend stillen zu können. So einfach war das alles.

Säbeltiger streiften gierig die Ufer entlang, aber wir hatten uns schon angepaßt: Fische gleich bei der Hand (unter den Füßen), reicht auch für die Kinder, wenn es nicht gerade sehr stürmt. Wir empfingen. Wir zeugten. Alles im Ozean, ohne das von vulkanischem Magma erwärmte feuchte Element zu verlassen.

Die Delphine, unsere guten Nachbarn, sind nie mehr ans Ufer zurückgekehrt, wahrscheinlich das einzig Richtige, dafür haben sie auch keinen Krebs. (Merkwürdig, wenn man bedenkt, was ich alles weiß und was kein Mensch jemals wird brauchen können.) Dann hatte uns die Nostalgie gepackt. Wir stiegen wieder ans Festland. An den Stellen, wo das Getier uns übersehen hatte. Wir drangen vor, setzten uns fest, bauten unsere Stellungen aus und drängten die uns von der Natur gegebenen Feinde Schritt für Schritt zurück. Damals, als wir noch wehrlos und mit hungrigen Augen auf Verlorenes, Unerreichbares starrten, ist vielleicht dieser neidvolle Wunsch entstanden, auch so gute Fangzähne und Krallen zu haben. Uns zu bewaffnen, Waffen zu besitzen: Stein, Knüppel, Karabiner, die Bombe.

Wir konnten nicht mehr aufhören.

Anfangs hatte ich Angst vor dem Ozeanwasser, überall glaubte ich dieses unsichtbare Ekelzeug zu spüren: Strahlung. Bis ich dahinterkam, daß Sie heimlich badet, schon seit langem. Als ich das merkte, bekam ich einen fürchterlichen Schreck und guckte Sie mir genau an: Haare normal? Zähne auch? Und der Fleck da? Ist dir nicht übel?

„Also wirklich, mir ist gleich übel, wenn du noch weiter fragst. Komm doch mit, dann siehst du selbst, das Wasser ist gut. Die Strahlung habt ihr euch ausgedacht."

Auch heute wieder blickt Sie stolz und froh. Als hätte Sie sich diesen Ozean extra für uns ausgedacht. Soll ich jetzt Dankeschön sagen?

„Du mußt natürlich gleich wieder küssen. Du kannst das nicht. Das geht so. . ."

„Wo hast du das gelernt?"

Das warme, nach etwas Verbranntem riechende Wasser gibt unseren Küssen einen bitteren Beigeschmack. Ihre Augen sind jetzt ernst, abwartend, beunruhigt, und ich weiß warum: Nicht doch, wirst schon sehen, du kannst alles haben, alles. . .

Ich lasse meine Handflächen vorsichtig über Ihre erwartungsvoll gespannten Brüste gleiten. Sie schreckt zurück, voller Panik, wie vor einer Verbrennung. Aber nicht vor mir, Sie scheut zur Seite, kommt dann wieder zurück, so, als suche Sie diese Verbrennung selbst. In den Augen aber Schrecken, die Angst, daß man Sie auch diesmal hereinlegt, daß Sie wieder nicht dahin vordringt, wohin die Liebkosungen Sie locken, Ihr etwas versprechen.

„Du tust mir weh!" Sie sagt es jedesmal gereizt, ja feindselig, fast grob. Und zieht sich zurück. Erkaltet.

Ich glaube, das war noch nie und für niemanden so wichtig, die Antwort, die Resonanz eines sich schaudernd befreienden fremden Körpers. Wie ein Blitzschlag, eine Entladung – ins Wasser, in die Erde, erwekkend, wiederkehrend aus dem Nichts. Das ist und wird nie wieder sein, darum wird es auch nie wieder und für niemanden jemals so sein, das ist das Letzte, das hier, was jetzt geschieht – durch mich, mit mir, durch uns – das Letzte auf der Erde, das ist das Letzte! Alles ist zum letzten Mal, das ist unwiederbringlich, das Ende!

. . .

„Mach mit mir, was du willst, mach es!“ Verzweiflung und Flehen. In meine Arme zurückgelehnt, betrachtet Sie den Himmel, unseren runden, wie ein starres Vogelauge ausgetrockneten Himmel, den ewig trägen, und es scheint nur von uns abzuhängen, ob er sich wieder weit über der Erde spannt.

Die Erde und Sie, sie müssen sich beide daran erinnern, wie das ist, du weißt doch, wie das ist. Brauchst dich bloß zu erinnern.

In den Nächten fragt Sie mich feindselig trocken danach aus, wohin vorzudringen vielleicht gerade Ihre Ungeduld Sie hindert. Und jedesmal bitte ich Sie inständig, so wie jetzt:

„Denk doch bloß nicht dauernd daran!“

Wir haben uns selbst oder der Ozean hat uns fürsorglich herausgeschaukelt ins seichte Wasser, bis dicht an den Strand, kitzelnd umwickeln uns streng riechende jodhaltige Algen, der Sand hat unsere Haut, unsere Körper aufgerauht, aber das wollen wir ja gerade, das brauchen wir ja so, das ist ja gerade so schön, rauh zu sein und roh.

„Laß, ist schon gut, macht nichts!“ Sie lächelt verzagend und zieht mit einem Ruck – tut sich selbst dabei weh – Ihre Haare unter meinen ungeschickten Ellenbogen hervor. „Caro! Amore mio!“

Und Ihre Augen fragen: Was ist, was soll ich noch machen? Dabei beobachtet Sie mich ganz genau und auch, wie ich Sie ansehe.

„Ist es so schön für dich?. . .“ Sie ist schon soweit, sich zu vergessen.

Nein, irgend etwas Mieses ist jedesmal in diesem verlorenen, süßen Vergessen. Als ob man versucht, eine Leiche zu beleben. Sie kommen lassen, Sie dahin kommen lassen, wo Sie hinwill, nicht deine, Ihre Befriedigung braucht die frigide Erde jetzt! Vor Milliarden Jahren wurde auch in einem ebenso warmen, von Vulkanen aufgeheizten Ozean das Leben geboren, war es nicht wie ein Blitzschlag?. . .

„Mach es, mach es so, wie es für dich schön ist, für dich! Mein Bengel! Ragazzo mio!. . .“

Und dann ist irgendwas passiert, mit der Welt ist irgendwas passiert: Sie hat es gehört, ich noch nicht. Aber ich sehe das Weiße in Ihren Augen, wie sie plötzlich ersterben.

. . . Das All, getrieben durch das unstillbare Bedürfnis zu sein, sich in der Zeit auszudehnen, pulsiert als elastisches Licht, verengt sich durch Erweiterung, eine Rückkehr durch Entrinnen, und dann, als hätte es jemand gerufen, wieder Hinstreben zum Ausgangspunkt zurück, der es hervorbrachte. Stiche auf der ganzen Haut!. . .

„Liebling, Ragazzo mio! Jetzt weiß ich, wie das ist: So stirbt man. Das ist gar nicht so schlimm, das hat euch auch zugrunde gerichtet, daß es gar nicht so schlimm ist.“

7

Wenn der Feuerstrahl von tausend Sonnen mit einem Mal am Himmel aufleuchtet, wird der Mensch zum Tod, zur Gefahr für die Erde.

Bhagavadgita

„Jetzt sind wir alle Schurken!"

Professor Bendridge nach der ersten Atomexplosion in der Geschichte

„Alle Mann klar zum Gefecht! Ob Attrappe oder nicht, wir sind am Drücker, wir feuern!"

„Und wenn's Unsere sind?"

„Nix da, Unsere! Wir gehen kein Risiko ein. Wir schießen alle der Reihe nach ab. Dafür sind wir schließlich der ‚Endschlag', die ‚Rache des Himmels'. Der letzte Schlag muß unser sein. Das ist die Hauptsache."

„Objekt verschwunden."

„War vielleicht auch gar keins da. Schatten derer, die schon nicht mehr sind. Was macht denn die Erde?"

„Ist schwarz."

„Egal. Irgendwo sind bestimmt noch ein paar von uns. Unter Wasser. Oder in Felsschächten."

„Wenn es Unsere sind, dann auch nur noch schwarz."

„Wie meinst du das?"

„Die Verbrannten sind alle schwarz. Die Erde ist auch zum Neger geworden."

„Haltet mir diesen Schwätzer vom Leib! Schweig Bob!"

„Nein! Das ist doch jetzt nur noch so'n idiotischer Science-fiction-Film oder 'n Fantasy-Roman."

„Schafft mir endlich diesen Bücherwurm vom Hals, bringt ihn zum Schweigen! In zehn Minuten fang' ich mit dem Countdown an. Mit dem letzten. Fertigmachen zur Vergeltungssalve! Erstes Geschütz!"

„Bereit."

„Zweites Geschütz! Drittes!"

„Bereit! Bereit!"

„Gott sei Dank. Jetzt brauchen wir endlich vor keinem mehr abzuhauen. Wir gehen zur Attacke über. Jetzt geben wir die Karten."

„Vorsicht, ihr letzten Käfer und Würmchen! Halt, wartet mal: Hat der Süden eigentlich seine Schulden an den Norden zurückgezahlt?"

„Hält der jetzt endlich mal die Klappe? Du gehörst nicht hierhin, Mann, du setzt dich besser in den Kongreß, zu den bezahlten Quatschbrüdern."

„Hat sich ausgesessen. Keine Kongresse mehr, keine Sowjets, ein steriler handlicher Planet. Powern wir noch 'n Milliönchen Grad dazu, und alles ist endgültig zu Glas geschmolzen. Wir sterilisieren erste Klasse! Möchte zu gern wissen, ob der Herrgott auch so ein Kärtchen für jeden Planeten angelegt hat, wie unser Doc für uns: Röntgenmenge, wieviel Rem, noch vermehrungsfähig oder schon unfruchtbar? Habt ihr schon mal wieder in eure Datenkartei geguckt? Jetzt könnt ihr handschriftlich druntersetzen: ‚Zeugungsfähigkeit gleich Null (nicht wiederherstellbar), ‚Sexualkomponente unter der Norm', vornehm ausgedrückt. Keine Kinder, kein Spaß mehr, Sense! Wie hoch wohl der Ruß steigt? Ob der bis hierher kommt? Nacht . . . Wer echt Schwein hat in diesem Krieg, ist der Süden, braucht seine Schulden nicht mehr zurückzuzahlen!"

„Jetzt langt's, Bob. Wir setzen dich an die Luft."

„Bin ja schon still, Colonel. Nur noch ganz kurz. Mein Vater hat immer gesagt: ‚Wenn der Kleinkram mich unterkriegt, geh ich mal'n bißchen auf'm Friedhof spazieren!' Noch spannender ist natürlich, gleich über ein ganzes Krematorium wie das hier zu fliegen. Ob man will oder nicht, man wird hier glatt zum Philosophen."

„Jetzt reicht's! Doc! Volle Dosis Schlaf für diesen Congressman. Und was Lustiges, sonst wird's ihm zu fad."

„Ich würde gern wissen, ob die da auf ihrem Friedhof unter der Erde auch noch politsche Ansichten erörtern . . . Wie auch wir vergeben unsern Schuldigern . . . Gratuliere zum Sieg, ihr Säue, zum S. . ."

8

Und siehe, da ging die ganze Stadt heraus Jesu entgegen . . .

Matthäus 8, 34

Was ist denn los mit uns? Was ist passiert? Auf einmal kriechen wir auf allen vieren. Sie hat sogar die Hände wie zum Gebet ausgestreckt. Als hätte uns irgendwas umgerissen. Wir lagen leicht orientierungslos auf dem feuchten Sand, die letzte Woge hatte uns schließlich doch vereinigt, da hebt Sie auf einmal den Kopf und richtet sich halb auf: „Mein Gott, guck doch bloß mal!"

Ich gucke, und da steht ein Mensch. Etwa hundert Meter von uns entfernt steht ein Mann und sieht zu uns herüber. Und wir nichts wie hingekrochen. Wenn bloß dieses Wunder nicht verschwindet, sich wie eine Fata Morgana in Luft auflöst!

Und wie wir so kriechen, denke ich: So müssen Ausgesetzte, verlorene Söhne ihren vermeintlichen Rettern begegnet sein, Göttern, die sich auf die Erde herabbegeben haben. Hier war es nur noch schärfer: Ein **Mensch** hat noch mal unsere Erde beehrt! „Ihr sollt Euch noch über jede Spur eines Menschen freuen." Hier war aber keine Spur, sondern der Mensch selbst, und wir kommen immer näher rangekrochen, können ihn gleich berühren. Das Wunder bleibt stehen, statt zu verschwinden, ist in ein Himmelblau gekleidet, auf der Erde hinter ihm leuchtet ein Fleck in Orange, der Mensch hat irgendwas ausgezogen, abgeworfen, doch nicht etwa einen Raumanzug?

Komisch, wir fühlen uns wirklich beide wie verloren und wiedergefunden. Wir haben uns von der Erde erhoben, stehen schon aufrecht und aneinandergeschmiegt wie zwei Kinder. Dem Fremden kommen wir garantiert wie zwei Wilde vor.

So, wie wir jetzt, standen die ersten Menschen auch da, die ersten Er und Sie, nach dem Sündenfall vor dem zornigen Auge ihres eifersüchtigen Schöpfers. Worauf der eifersüchtig war und auf wen, ist wieder eine andere Geschichte, aber es war tatsächlich so, in seinem Zorn war Eifersucht, sonst wäre die Kraft seines Zorns und die Grausamkeit seiner Strafe nicht zu erklären gewesen. Wo ein Dritter, ist auch die Eifersucht nicht weit. In Gedanken habe ich also den Ankömmling schon getauft: Dritter. Wir stehen nackt vor ihm, und er hat ein dünnes blaues Astronautentrikot an, und sein Blick gleicht nicht dem unseren, kein bißchen ehrfürchtig, eher erstaunt ironisch, und die Augen wie unter Strom.

„He, was sehe ich da!" grölt er, als wäre er nicht allein heruntergekommen, sondern noch jemand anders. „Ihr dürft mich beneiden, ihr Säue, hier ist Sommer, hier sind Menschen, eine Frau! Die liegen in der Sonne! Prima, Schreiberling, hast dir was Feines zusammengedichtet!"

Er scheint auf englisch herumzubrüllen, aber für uns sind alle Sprachen nur verschiedene phonetische Varianten der Sprache, in der wir selbst denken. Es ist wie im Traum: Man kennt den Menschen nicht, aber seine Gedanken, das sind nicht seine, das sind die eigenen Gedanken...

Der Bursche ist angenehm, und was für Schultern! Er hat diese entgleisten Gesichtszüge, wie im Rausch, und blendend weiße Zähne. Dunkle Haut, oder eher café au lait, und ein direkt kindliches Lächeln! Was soll man lange reden: Er ist schön. Weil – ein Mensch! Sie wirft sich ihm als erste an den Hals, wie eine Schwester, die ihren Bruder endlich wiedergefunden hat. Sie hängt sich an ihn, küßt ihn. Dann überläßt Sie mir diese Freude: einen Menschen zu umarmen. Wir klopfen uns bloß gegenseitig auf den Rücken. Ich spüre ganz deutlich, daß seine Muskeln schlaff sind, kein bißchen fest, dabei geht von seinen breiten Schultern Kraft aus. Er muß lange geflogen sein. Soll da wirklich noch jemand herumfliegen oder -schwimmen?

Wie schön er ist, mein ehemaliger Feind, wie froh auch er ist und glücklich, daß ich bin, daß er Sie sieht, daß er uns sieht. Daß wir immerhin zu dritt übriggeblieben sind. Er faßt mich noch mal um die Schulter, blendet mich mit seinem Lächeln und brüllt mit zurückgeworfenem Kopf nach oben:

„Hier ist ein Mensch, lebendig! Lebendig! Verflucht sei euer stinkender Sarg!"

Die Frau macht sich schon an seinem Raumanzug zu schaffen, befühlt die orangefarbene Deckschicht, die Leuchtfarbe sticht einfach in die Augen. Sie versucht, ihn anzupassen, hält ihn hoch, paßt ihn sich mit einigen Verrenkungen an, ob er Ihr auch steht. Oh, du Frau!

Unser Gast, Gentleman durch und durch, zieht sich das blaue Trikot aus. Jetzt hat er nur noch seinen rosa Slip an. (Ich hab schon völlig vergessen, daß es so was auf der Welt gab.) Sie wendet sich ab (schon macht sich Scham auf unserer Insel breit) und zieht sich das blaue Trikot über. Aus einer Schönheit wird eine schöne Unbekannte, von der man mit den Augen nicht mehr loskommt: Nein, wirkliche weibliche Blöße ist zu erratende, gekonnt verpackte Blöße.

„Hol mich der Teufel!" wundert sich der Gast. „Von oben sieht es so aus, als wäre alles ein einziger Qualm und Ruß, und bei euch hier unten. . ."

„Bei euch ist also noch. . ." In Ihrem Beisein wollte ich nicht zu Ende reden.

Er schreit das Wort für mich heraus:

„Bei uns ist immer noch Krieg! Und zwar, bis der Süden alles bis auf den letzten Cent an den Norden zurückzahlt und bis der Osten seine Parolen abschafft. Hahahah!"

Nein, weder das Gelächter noch die Sprüche des munteren Gasts sind mehr als gentlemanlike zu bezeichnen, und das Gesicht: Ich weiß, wie Betrunkene aussehen. Trotzdem, es ist trotzdem stark, daß er hier ist. Und ich hätte wahnsinnig gern mit ihm darüber geredet, was da (von irgendwo da drüben kommt er schließlich) los ist, was mit uns allen passiert ist, mit dem Osten, mit dem Westen, mit dem Süden, mit dem Norden. Aber uns ist nicht danach, unsere ganze Aufmerksamkeit gilt der Frau: Jetzt ist erst mal wichtig, daß Sie mit Ihrer Neuanschaffung glücklich ist, wir helfen Ihr also einträchtig, mit Blicken, mit Zurufen, Sie soll merken, wie das an Ihr und, Hauptsache, wie gut Sie selbst darin aussieht.

Wenn Sie so angezogen ist und Ihre Honighaare wie Bienen um Ihre schöne Stirn schwirren und lang über das seidige blaue Meer herabfallen und auf Ihrem Gesicht eine solch glückliche Bescheidenheit der Vollendung auflebt (einer Botticellischen – stop, ist jetzt nicht nötig), dann scheint kein Krieg, kein Tod sich ereignet zu haben. Mit der Schönheit, die kindlich mit sich selbst beschäftigt ist und an ihre Unsterblichkeit glaubt, gleitet man auch selbst in die Welt hinein, als wäre diese immer noch da...

Keine Kains, auch keine Allkains stehen jetzt vor Ihr, der Allfrau, sondern Menschen, die sich im weiten, fernen Weltraum fanden, ihre Raumkapseln aneinander koppelten, und wovon sollen wir schon groß reden, wenn nicht von unserer heimatlichen, traumhaft schönen Erde? Reden davon, wie viel es da gibt und für Tausende von Jahren glücklichen Lebens geregelt ist, auf Jahrmillionen hinaus, für Hunderttausende von Generationen: Luft und Vakuum, Wasser und Feuer, Licht und Dunkelheit, Wärme und Kälte, alle möglichen Farben, Geräusche, Nahrungsmittel für jeden Geschmack... Aber vor allem so viel Überflüssiges, Beiläufiges, ohne das aber auch das Unverzichtbarste langweilig, freudlos ist, so viel von alledem ist auf der Erde, daß man es selbst in der geräumigsten Rakete oder im dickbäuchigsten U-Boot nicht bunkern und auf Vorrat wegschleppen kann und wovon man dann träumt. Man träumt gerade das Allerüberflüssigste, das Allerbeiläufigste: Taufeuchtes Gras bis zu den Knien, die Kühle im regennassen

Fichtenwald (man hat irgendwie so einen bitteren Geschmack im Mund, wie nach Eisen), das Knirschen feinen Schotters unter den Füßen, ein Gletscher, rauh von Mergel, blau, von murmelnden Bächen durchtönt in ewigem Windhauch, herrlicher Steppenfrost, der einem die Nase zukneift und den Atem benimmt. . . Und Menschen, Tausende zufälliger Menschen, die dir schon zum Haus raushängen, dich nerven, du weißt nicht, wohin du dich vor ihnen retten, dich zurückziehen sollst, aber so ist es nur, wenn sie da sind, wenn sie um dich herum sind und dich belästigen, wenn du in deiner Einsamkeit weißt, sie sind **irgendwo da.** Darum geht es doch eigentlich.

Ja, ein ideales System, alle denkbaren und undenkbaren Varianten sind vorgesehen, vom Herrgott selbst konstruiert, absolut bruchsicher.

Wir zogen uns an Erinnerungen hoch über das Vergangene, Verlorene, Vernichtete, als wäre es alles noch da. Ein paar Spritzer davon sollte auch unsere Frau abkriegen, aber Sie war ohnedies schon überglücklich und ganz auf dieses für Sie neue Gefühl konzentriert: angezogen sein. Arme, Knie, Brust und Rücken der Venus mußten sich erst noch daran gewöhnen, daß sie vor der Welt verborgen, abgeschirmt sind. Ein ganz neues Lebensgefühl. Alles ist anders, Sie ist eine andere. Eine Neugeborene. Die Erklärung ist ganz einfach: Die Frau hat ein neues Kostüm.

War nicht jetzt genau der richtige Zeitpunkt, wo wir zwei Männer uns unserer echt soldatischen Freuden erinnern konnten? Wir hockten uns sogar aneinander gegenüber hin. Der Gast hatte trotz seines fast jungenhaften Äußeren einen nicht gerade kleinen Vorrat an Eindrücken, und ich Alter wollte natürlich auch nicht zurückstehen. Er legte los mit einem Bummel über die 42nd Street in New York, wohin der männliche Teil der Menschheit nicht geht, sondern, man kann schon fast sagen, sich fallenläßt. Ein Mann will manchmal derart die

Sau rauslassen, da kommt er einfach nicht gegen an. Dann schon lieber gleich alles auf einmal, um die ganzen abwegigen, lästigen Phantasien loszuwerden und anschließend wieder zu sich zurückzufinden.

Ich war selbst da, hab mich „einweihen“ lassen. Auch die drei Kreuze haben mich nicht abgeschreckt, ganz im Gegenteil, da mußte ich erst recht hin. Der Film zu Anfang war noch das wenigste ... Zuerst traute ich meinen Augen nicht, als plötzlich die Leinwand dunkel wurde und im Saal das Licht anging. Ein Pärchen schlenderte nach vorn auf die Bühne, zuerst die Frau, eine Schwarze, die sich routiniert ihres Morgenmantels entledigte, dann trat ein etwas hellerer Kerl hinzu, sehr athletisch. Aus den Wandlautsprechern dröhnte betäubende Musik, aber das Betäubendste spielte sich vorne auf der Bühne ab, vor der Leinwand, auf einer eigens dafür aufgebauten Liege. Währenddessen sah sich der Beschäler alle an im Saal, und mir kam es so vor, als würde er uns zuzwinkern, wie Mordskerle das eben tun, wenn sie unter sich sind.

„Euch geht es wohl zu gut!“ ertönte über uns Ihre Stimme.

Ich und der Dritte, wir blinzelten aus unserem Sand schuldbewußt zur Frau hinüber, die uns wie entflammt schien (den orangen Raumanzug in Händen, alles knüllend, alles befühlend, ob man den nicht auch mal anprobieren könnte). “Das wart ihr, als ihr viele wart!“

Jetzt sahen wir natürlich alt aus, wir Weiberhelden. Wie sollten wir da bloß wieder rauskommen? Wir lachten beide. Als hätte sich vom Dritten irgendwas auf mich übertragen, wiehere ich jetzt auch los und finde alles lustig. Besonders, daß Sie so streng ist mit uns, so unerbittlich, und daß unser Idiotengelächter Sie so auf die Palme bringt.

„Einfach Spitze! Wahnsinn!“ So freut sich unser Gast über alles, was er sieht.

Es ist ein Hochgenuß, ihm unsere Insel zu zeigen, unsere Schlupfwinkel, die Wirtschaft. Uns voraus schwebt das blaue Trikot, immer noch nicht zur Vergebung bereit. Ohne alles, ohne Kleidung, scheint Sie sogar kleiner zu sein. Kleidung an einer Frau provoziert, soviel steht fest. Und niemand versteht das besser als Sie.

„Wunderbar!“ wieder der Gast.

Mir scheint, als meinte er die ganze Zeit über Sie, und nicht unsere Felsen, unsere Badebuchten oder unsere Blumen. Die Blumen würdigt er keines Blickes. „Wahnsinn!“, aber die Augen gehen nicht auf das Gelb, nein, auf das Blau.

An dem nicht verstummenden Wasserfall nehmen sich die Männer das Alte vor. Während die Hausfrau „in der Küche hantiert“, lösen wir mit einer Handbewegung Weltprobleme. Obwohl von der Welt so gut wie nichts mehr übrig ist, sind die Probleme merkwürdigerweise geblieben.

Derweil findet der Gast an allem ausgiebiges Entzükken. Immer wieder fährt er sich mit einer Hand durch den kurzlockigen Armeeschnitt: Der Wasserfall – berauschend! Das Becken mit Fisch und Krebsen – urig! Die Regenwürmer – unbeschreiblich. Zum Bekringeln! Als ich ihm die Tür im Felsen zeige, gerät er völlig aus dem Häuschen:

„Ha, Stabsratten, da seid ihr ja!“

Er schlägt mit einem Stein gegen das Eisen.

„Gratuliere zum Sieg, ihr Sauhunde! Seid ihr nun mit eurem Spielchen zufrieden, ja, ihr grünen Würmer?!“

Man rief uns bereits „zu Tisch“, aber unsere Unterhaltung, genauer gesagt unser Gebrüll, wurde dermaßen laut, daß sich die Hausfrau von Zeit zu Zeit mit vielsagender Bewegung die Ohren zuhielt: Wir überbrüllten sogar den Wasserfall und sein Dröhnen. Unterwegs zu Ihr dämpften wir unsere Stimmen, aber weder der appetitliche Duft von gebratenem Fisch noch der blaue Charme der Hausfrau veranlaßten uns, ganz zu schweigen. Worüber ereiferten wir uns eigentlich so? Immer über dasselbe: wie und warum? Wir wußten doch so gut Bescheid, hatten uns doch unermüdlich gegenseitig gewarnt, uns in Filmen bis zum Überdruß angesehen, in Zeitungen und Büchern immer wieder gelesen, womit das endet, wenn's erst anfängt. Darüber redeten die einen, darüber redeten die anderen und wieder andere und alle durcheinander. Aber sich selbst sprach keiner an, nein, jeder meinte den anderen. Und alle redeten aneinander vorbei.

„So wie wir jetzt", besann sich der Dritte auf einmal, und dann mußten wir uns alle drei kaputtlachen.

Hätten wir uns doch bloß schon früher so kaputtgelacht, fiel mir ein, aber wahrscheinlich werden auch die Zähne zusammengebissen, wenn die Hand schon nach dem Starthebel tastet und der Finger den bewußten Knopf sieht, und dann wird nichts mehr aus dem Lächeln, dann will kein Lachen mehr gelingen.

„Ein Glück, daß nicht auch die Meere und Ozeane verbrannt sind", sagt der Dritte, „von oben, aber auch nur zu Anfang, konnte man gut sehen, wie die Ozeane Blasen warfen, Pazifik, Atlantik, Eismeer . . . Die U-Boote haben sich gegenseitig gefressen, wir haben ihnen von oben noch eins übergebraten."

„Ja. Da kann man nicht meckern. Wir haben prächtige Arbeit geleistet."

„Aber eine kleine Insel ist trotzdem übriggeblieben", sagt der Gast freudig, „sogar mit Frühstück, gar nicht erst zu reden von. . ."

Er macht die entsprechende Kopfbewegung zur Hausfrau hinüber. Nein, also dieses Lächeln, wie er das hinkriegt, mit seinen weißen Zähnen mitten im dunklen Gesicht, da kannst du sagen, was du willst, direkt unwiderstehlich!

Dann wollen wir wieder alles auf einmal klären.

„Warum habt ihr. . .?"

„Nein, und wozu habt ihr. . .?"

Raketen und Sprengköpfe sind, wenn überhaupt irgendwo, wenig übriggeblieben. Fragen dafür um so mehr.

„Wem nützen denn jetzt noch eure sozialen Experimente?“

„Und eure Ausreisegenehmigungen, wem nützen die?“

Die Frau sieht uns an, hört zu, und wir haben schon keine Lust mehr, vor Ihr den Affen zu machen. Es reicht doch, daß wir den Krieg verloren haben. Beide. Jetzt sollen wir beide auch noch in Ihren Augen verlieren? Kein Streit verleiht uns jetzt mehr Verstand, noch Würde. Unsere Worte, unsere erbitterte Rechthaberei sind nur noch absurdes Theater, Tanz der Vampire auf dem Gottesacker, unterirdisches Gegrummel. Gibt es überhaupt noch etwas Sinnloseres und Abscheulicheres?

Wir lassen also voneinander ab und fallen mit vereinten Kräften über Mutter Natur her. Sie ist schuld, sie hat es hervorgebracht, hat es soweit kommen lassen, hat es erlaubt, sogar provoziert, ja genau so war es! Warum mußte sie schließlich so viel Steinkohle und dann auch noch Erdöl für uns bereithalten? Das hat sie doch extra gemacht. Ohne diese beiden letzten Leiterstufen wären wir nie im Leben zur Atomenergie aufgestiegen. Wir hätten uns zwischen unseren Heuschobern einen friedlichen Lenz gemacht, wären auf unseren mit Holzkohle befeuerten, niedlichen Dampfloks herumgetuckert, hätten uns hin und wieder auch mal gebissen, aber nicht so tödlich, wie es jetzt geklappt hat, das wäre uns bei all unserer Unersättlichkeit nicht gelungen.

Wie konnte Sie, unsere weise Mutter, nur nicht dahinterkommen, daß wir keine friedfertigen Grasfresser waren, daß wir nur so aussahen oder uns zuerst nur so verstellten, als wir uns bei der liebenden Erzeugerin das Recht ausbaten, nicht unter die Fuchtel des Großen Instinkts zu geraten? Er störte nur, erlaubte uns nicht, uns vollständig und nach Herzenslust auszuleben, eben dieser Instinkt der Selbsterhaltung der Art. Er war auch irgendwie Mangelware bei Mutter Natur. Sie gewährte ihn den größten Raufbolden: allen möglichen Wölfen, Tigern und Klapperschlangen. Diesen Maulkorb des Großen Instinkts hatten die natürlich besonders nötig. Aber der Hase? Wozu? Und die Taube? Der Mensch brauchte ihn erst recht nicht, er war sowieso schon ganz nackt, ohne Hörner, ohne Krallen und Fangzähne! Nun gut, soll er doch mit seinen Mäusezähnchen seinen Mitmenschen anbeißen, und selbst wenn er ihm noch eine Kopfnuß verpaßt – auch kein Beinbruch! Mutter Gebärerin hat nicht bemerkt, welche Fangzähne, welche Krallen unter dem Schädeldeckel verborgen waren, der rund wie ein Reaktordeckel ist. Was für eine Explosion, was für ein Auswurf möglich war: von Leidenschaften, Grausamkeit, Haß, Blutdurst. Besonders gegenüber dem eigenen Ebenbild. Keine Krallen, meinen Sie? Und was ist mit dem Stein in der Hand? Keine Fangzähne, dafür aber ein Stock. Und wenn man ihn gehörig durchbog, wurde ein herrlicher Bogen draus. Und wenn man erst Feuer durch ein metallenes „Röhrchen“ blies? Wer kann es besser, wer bläst weiter? Verbindet man aber erst das da und das und dann noch mit dem da, was bekommt man dann? Was sind wir bloß für neugierige Kinder! Uns mit uns selbst beschäftigen, war überhaupt nicht drin, nein, jeder gegen jeden! Wen konnte man sich so hindrehen, so verwenden, daß es einem nicht nur einfach so gut ging, sondern besser als allen anderen?

„Sie hatten solche Strahler“, ertönte plötzlich eine Stimme.

Wir hatten uns so an unser eigenes Geschrei gewöhnt, daß die ruhige Frauenstimme uns fassungslos verstummen ließ. Sie fegte ein paar Algenreste zusammen und warf sie ins Feuer, etwas hatte sich sehr verändert in Ihrem bis vor kurzem noch so ausgeglichenen Gesicht, Ihr Blick ging an uns vorbei irgendwohin ins Weite.

„Solche Strahler, die summten so“, sagte Sie, ballte die Faust und ließ sie wieder aufgehen, um uns zu zeigen, wie sie funktionierten, wie sie strahlten. „Es summt los, und wir verstecken uns, erstarren. Sie suchten uns. Lichtstrahl ins Gesicht und gleich die Eisenstange über'n Kopf. Weil wir atmen und die Luft doch nicht für alle reicht. Summen, und dann dieser Schlag, wie auf trockenes Holz.“

Wir waren verstummt und hörten nur noch. Ich vermute (nein, ich weiß), wo Sie gerade ist.

„Ich weiß nicht“, fuhr die Frau fort, „wie das alles organisiert war bei uns, aber Wasser, Lebensmittel und das Wichtigste, Luft, alles unterstand dem Kommando, der Stimme eines einzigen Mannes. Wer das war, der uns speiste und uns zu trinken gab, wußten wir nicht, wir wußten nur, daß er da ist. Ich glaube, sie wechselten sich alle achtundvierzig Stunden ab. Der Hauptmann mußte sein Recht behaupten, indem er in Maschinen hineinsprach. So wie ich das verstanden habe, war das für die anderen eine Riesenverlockung: pfiffig sein und dem anderen zuvorkommen, die eigene Stimme aufnehmen und die des Vorgängers löschen. Mein Vater war auch irgenwann an der Reihe . . . dann ist er verschwunden . . . Sie hatten dauernd irgendwelche Umgruppierungen, und jedesmal kam eine andere Schmarotzerclique dran, die ernährte man, gab ihr zu trinken, ließ sie atmen. Bloß die mit den Eisenstangen, das waren anscheinend immer dieselben, denn sie flitzten in den dunklen Ecken herum, wie die Ratten, und suchten **Gestrige, Fremde** und überhaupt **Entbehrliche**. Weil sich in den Nischen und zwischen den Leichen diejenigen versteckten, die zu **keinem gehörten**, aber sie atmeten, brauchten die letzte Luft auf. Die mit den Stangen drehten die Toten um, zerrten die Leichen auseinander und zertrümmerten ihnen auch noch die Schädel, um ganz sicher zu gehen. Oh, dieses Geräusch! Und der Geruch, bis jetzt hab ich . . . so süßlich. . .“

Sie wischte sich instinktiv über Lippen und Mund.

Ach, so ist das: Die Blumen und die Tür im Felsen hinter dem Wasserfall, liegt hier nicht vielleicht die Erklärung, eine Antwort? Auf vieles, was ich schon seit längerem vermute.

„Wovon redet die denn?" fragte der Gast und nahm wohl an (vielleicht sogar zu Recht), daß Sie ihn in diesem Zustand nicht hörte. „Ist die etwa . . . von da?" fragte er jetzt geradeheraus und zeigte (das entsprach nicht unseren Regeln) auf den Wasserfall.

Alles, was uns in die Vergangenheit zerrte, hatten wir bis jetzt nicht nur in Gesprächen, sondern auch in Gedanken zu vermeiden versucht.

Der Blick des Dritten jedoch glitt über den Horizont, über unseren Horizont, dazu mußte man den Kopf ganz schön weit in den Nacken legen. Wir und unsere Insel sind auf dem Grund eines tiefen Brunnens oder eher noch Trichters. Die hohen Wände aus unruhigem, nebligem Dunkel, zerrissen von zahllosen stummen Blitzen, wie mit Sprüngen überzogen. Die Blitze haben immer die gleiche Farbe, sie sind entweder alle flammend rot oder blau oder gelb, als würde jemand dort hinter dem durchsichtigen Rauchvorhang wie im Theater dauernd den Farbfilter wechseln. Das ist nur, wenn man auf die Wände guckt. Man muß ja nicht unbedingt hinsehen. Dann bemerkt man nur noch das Sonnenlicht von oben, über Felsen, über Blumen, über dem Wasser, dem fallenden. . .

„Da kann man echt nicht meckern", rief laut, allzulaut der Gast, „die Jungs haben ganze Arbeit geleistet! Dahinter ist wahrscheinlich der Winter, mit dem uns die Wissenschaftler dauernd geschockt haben. Erst schön alles vorbereiten und dann die Leute erschrecken . . . Da oben sind vielleicht Stürme, in der totalen Finsternis! Brr!"

Den ganzen Abend saßen wir unter den Birken: Feuerchen, über uns die Sterne, man hätte meinen können, daß auf der Welt alles so war wie früher. Nachts allerdings phosphoresziert es auf der Insel, alle Gegenstände, alle Dinge (auch unsere Körper, Gesichter) wurden von den stummen „Winter-Blitzen“ erleuchtet, und dem kann man sogar noch etwas Schönes abgewinnen. Um so mehr, als in dieses phantastische Spiel der Farben Ihr schönes, heute aber trauriges Profil einbezogen war.

Wo die Blitze in allen Farben schillernd spielen, das ist auf der breiten ölig glänzenden Brust und auf dem Rükken unseres Gastes: Nachts merkt man erst, was für ein gleichseitiges Dreieck er ist, und die Zähne, das strahlende Lächeln – mal in Rosa, mal in Blau, mal in Gelb. Ein Opferpriester, ein ägyptischer Opferpriester! Nein, ein Opferpriester-Bürschchen. Diese geometrische Figur hat etwas sehr Jungenhaftes, und dann erst dieses Lächeln.

Noch vor Einbruch der Dunkelheit schleppten wir getrocknete Algen für's Nachtlager heran. Der Gast und ich, wir schleppten zusammen, Sie schob einen Teil davon in die Höhle (die alten Verbrauchten wandern ins Feuer), und den anderen Teil breitete Sie unter den Birken aus, legte sich sogar darauf, machte sich einen Jux daraus probezuliegen, nahm hier was weg, packte da etwas drauf.

„Damit ich auch was Schönes zu träumen habe.“ Der Gast lachte sein Soldatenlachen.

„Keineswegs“, erwiderte die Hausherrin sehr ernst. „Sie schlafen in der Höhle.“

Sie war unzufrieden, und mir war das sogar peinlich: Sie ist hier immerhin zu Hause und er nur Gast.

Dafür rotierte ich fast: höflich, eilfertig, gastfrei wie der Wirt eines Pleitehotels. Ich pries unsere Höhle: schön kühl.

Völlig unvermutet hat die Wirtin es sich anders überlegt.

„Ist doch besser unter den Birken. Sie können die Sterne sehen und den Weltraum, den Sie ja so gern haben.“

In Ihrem Köpfchen hatte es sich nochmals gedreht und hielt dann wie eine Roulettscheibe gegenüber einem anderen Feld an. (Ich wüßte nur zu gern, was sich da dreht.)

Somit schläft denn die Familie in der Höhle und der Gast draußen, wo er wirklich mit dem Weltraum beschäftigt ist.

„Was ist denn mit denen los, die drehen sich ja bei euch um die eigene Achse." Das ist seine Stimme.

„Genau", antworte ich. „Und achten Sie mal darauf, alle finden auf dieser kleinen Pfanne Platz, vom großen Bären bis zum Kreuz des Südens."

„Und was ist mit dem Mond, scheint der auch?"

„Nur im Traum." Mahnend schmiege ich mich an Ihr warmes Gesicht, das wieder lächelt, das wieder nah ist und verschwörerisch wartet.

Sie albert schon wieder herum, unser Gequatsche, das immer wissenschaftlicher und fachidiotischer wird, hängt Ihr schon zum Hals raus: Warum der Himmel so ist und nicht anders, welches sind die Gesetze für optische Täuschungen und welche bestätigen die Relativitätstheorie? Sie macht sich lustig über unser Frage- und Antwortspiel und wie wir alles auf der Welt verstehen. Ihre Hände, Lippen, Knie und Schultern, heiß auch unter dem Gewebe, machen sich auch lustig über unseren Bierernst, unsere Gelahrtheit, wollen nicht glauben, daß irgendso ein Weltraum da wichtiger sein soll als Sie. Und ich komme doch tatsächlich aus dem Konzept, antworte unpassend und mit zunehmend heiserer Stimme. Und obendrein kommen diese lachenden Augen ganz dicht an mich ran, ich reiße meine Augen auf, will Ihr klarmachen: Der hört uns doch, Mensch, das geht jetzt nicht, und Sie wird jetzt erst richtig munter, nachdem ich mich so ängstlich zeige.

Nein, wenn ihr nur zu zweit seid im Weltall, könnt ihr euch als Paar betrachten, als Ureltern, als alles Mögliche, aber eine Familie seid ihr erst, wenn sich jemand

Drittes meldet. Vorher war es mir so vorgekommen (war es uns so vorgekommen), als wären wir nur mit Kind eine richtige Familie. Und jetzt stellt sich heraus, daß ein fremder Mensch (immerhin ein Mensch!) auftaucht, und da wird eine Erklärung fällig.

„Wer sind wir?“ fragt Sie flüsternd.

„Wieso wer? Willst du das eigentlich die ganze Zeit anlassen?“

Meine ungehaltene Frage klingt eindeutig gekränkt.

Sie lacht leise auf:

„Redet doch noch ein bißchen!“ Jetzt wird Sie aber auch böse:

„Ihr habt immer nur eins im Kopf . . . Ich weiß, widerlich, dieses Wort: Kebsweib!“

„Es gibt auch noch ein anders: Geliebte.“

„Und woher weiß er, daß ich kein Kebsweib bin?“

Aha, er also!

„Darüber zerbricht der sich nicht den Kopf, er beneidet mich halt“, flüstere ich. Ich weiß selbst nicht, warum ich so unvorsichtig bin und so selbstsicher drauflosquatsche.

„Ihr seid alle gleich! Liegt da und zwinkert mir zu! Pfui!“

Sie dreht sich weg, bis ganz an die Wand.

Draußen die Stimme führt den Gedanken aus, den wir beide bereits hatten, erläutert, daß die Menschen schon mal in den Weltraum hinausgetreten sind: als sie aus dem Wasser auf's Festland zogen. Sie haben ihn schon mal besiedelt, den Weltraum, wenn er auch nur ein kleiner war. Deshalb begannen sie auch, alles um sich herum kaputtzumachen, das ganze Öko-System, als Fremdkörper. Das war es ja auch, ihr Zuhause war das Wasser.

„Als hättet ihr nicht auch die Ozeane versaut!“ Das ist schon Ihre Stimme, mischt sich prompt ein.

„Das haben wir gleich in einem Aufwasch erledigt!" lacht der Gast unter den Birken. „Wir konnten uns nicht mehr bremsen."

Er ist spürbar zufrieden, daß er Ihre Stimme zu sich herausgetrickst hat. Immerhin schon mal Ihre Stimme.

Wieder Ihr Flüstern, heiß kitzelt es mich im Ohr:

„Was sollen wir mit dem? Warum wiehert der bloß immerzu?"

„Na und?" Ich wieder ganz kühn: „Wenn wir zu dritt sind, ist es sicherer."

„Sicherer was?"

„Ich mein bloß so."

„Was meinst du bloß so?"

„Die Natur liebt Masse." Meine Selbstsicherheit kennt keine Grenzen."

„Ach so! Die Natur also, dann sieh doch zu!"

„Paß auf, gleich setzt es was!"

Ich wußte gar nicht, daß ich so einen Ton habe. Aber Ihr gefällt er.

„Du behältst das also an, seins da?" Gehässig zupfe ich an diesem glatten, wie Schlangenleder geschmeidigen Stoff.

„Wenigstens auf den Anzug bist du eifersüchtig, auch nicht schlecht. Was habt ihr denn immer so gesagt, nachts, bei euch zu Hause?"

Ach ja, alte Weisheit: Die Frau liebt mit den Ohren. Ungeschickt murmle ich unter Küssen die Worte: meine Liebe, Fröschlein, Sonnenschein, Käferchen. . .

Sie geht etwas auf Distanz, damit ich erklären kann, was ein Fröschlein und was ein Käferchen ist. Als Sie erfährt, was Sie mit Ihnen gemein hat – lange staksige Beine, der ganze Kopf nur Augen –, überlegt die Frau einen Moment lang: Ist das nicht kränkend? Nein, nicht kränkend. Sie schmiegt sich wieder an, ganz zahm.

„Weiter. Was habt ihr noch gesagt?"

Da merke ich, daß ich eigentlich wenig Kosenamen weiß. Also mogele ich ein bißchen und laß Fremdsprachiges miteinfließen:

„Love! Kochana! Tesoro mio! Chica! Honey bee! Bass! Sillybilly! Solnyschko! Cara! Ma petite! Schätzchen!"

Es gibt noch mehr Worte, die ich nur wiederholen müßte, aber ich mach es nicht. In meiner Kapitänskajüte hatte ich unter der Deckenwölbung, über der sich der stählerne Rumpf des U-Boots erahnen ließ, ein Poster des lyrischsten unter den großen Italienern angeklebt: „Geburt der Venus". Ich weiß, daß ein Mensch, dem zu lieben vergönnt ist, schon vorher eine ganz bestimmte Vorstellung mit sich herumträgt: Liebe **vor** der Liebe. Diese ist für ihn selbst nicht endgültig geklärt. Aber die Vorstellung von meiner Liebe, wie viele Menschen haben sich in ihren Anblick vertieft, wie viele Jahrhunderte war sie allen Augen zugänglich! Daß die aber auch so zusammenfallen müssen: Sie und die Botticelli-Frau! Hier sind Vorstellungen, genauer gesagt mein Gefühl, und Wirklichkeit identisch. Und Ihr Äußeres, darum geht es ja gerade, Ihr Äußeres entzieht sich mir dauernd. Entgleitet mir, nähert sich aber eben jenen Gemälden. Die wenigstens sind Realität, Millionen Menschen hätten das bestätigen können, ich stand doch selbst stundenlang davor. Als es Florenz noch gab und man unter Arkadengängen an den Uffizien vorbeischlendern konnte und als ... Ach, lieber nicht daran zurückdenken, sonst schlittere ich gleich Ihr in etwas Gefährliches hinein.

Besser nicht beim Namen nennen, nicht zu Ende denken...

„Ich stell mir gerade vor, was für ein Flüstern über der Erde hing." Sie antwortet auf meine verliebt-philologischen Übungen. „Ein Wort, ein einziges Wort, nur in verschiedenen Sprachen: meine Liebe, o du meine Liebe!"

„Vergiß nicht: auch – mein Lieber!"

„Ja doch, mein Lieber, mein Lieber! Ein einziges Wort in völliger Finsternis, über der ganzen Erde."

„Auf der einen Hälfte war Tag, weißt du..."

„Stör mich jetzt nicht. Ein Wort über dem ganzen Erdball! Warte doch, stupido, bis er eingeschlafen ist."

„Da hast du's. Und du bist neidisch. Wir waren so viele, und einer war dem anderen im Weg."

Jetzt bin ich schon ein Feind der „Masse", und Sie lacht, freut sich und ist stolz auf meine Zudringlichkeit, meinen Ärger, meinen Haß auf das verdammte Trikot, das auf dem heißen Leib wie angegossen sitzt.

„Laß, ich mach das selbst, mein armer Kleiner, bist doch schon ganz müde von deinen schlauen Gesprächen. Den ganzen Tag hochgeistiges Gerangel, und ich bin so froh, daß ich euch nicht höre, ich muß mich nur immerzu fragen: War es das? War es das wirklich? Was habe ich in jenem Augenblick gefühlt? Ich hab so eine Angst, daß ich mich nicht erinnern kann."

„Du kannst", sage ich selbstsicher und stopfe das Knäuel des endlich besiegten Trikots nach hinten weg.

Und so was kriegt man dann zu hören:

„Ihr habt immer nur das eine im Kopf!"

Und dann alles wie gehabt, Sie flüstert immer dasselbe. Nein, besser nicht hinhören, nicht mit Worten antworten, das ist nicht unser Teil: mit den Ohren lieben...

Uns fällt dann wieder ein, daß wir nicht allein auf der Welt sind, wir schaudern im nachhinein zusammen und lauschen beunruhigt dem sich entfernenden Echo des vor kurzem noch Gewesenen nach.

„Hättest du doch bloß ein gutes Wort für mich eingelegt", maule ich heuchelnd und horche auf den schweren Atem und das Schnarchen des Dritten, „wenigstens ein einziges Mal."

„Wozu?"

„Wieso wozu? Du weißt doch jetzt, wie das..."

„Ach, wie das war mit dir und denen? Wir kriegen ein Baby, dann brauchen wir zwei dich nicht mehr, und du kannst zu deinen Schlampen zurück."

Das ist schon kein Witz mehr, Sie würde mich tatsächlich entbehren können.

„Mir ging es wirklich besser, als ich von all dem noch nichts wußte. Das ist ja die reinste Sklaverei. Nein, wirklich, danke für die Blumen." Und lacht und lacht. „Ich träum jetzt von Hündchen und Vögelein."

„Das sind keine Träume. Das ist eine Arche Noah."

„Irgendwo müssen die Pärchen doch hin, nachdem ihr ihnen die Erde weggenommen habt."

Sie klopft mir mit den Fingerknöcheln gegen den Kopf wie gegen eine Kokusnuß, um mich danach wieder zärtlich zu streicheln.

„Bei dir kommt alles da raus. Vielleicht bin ich ja auch von da. Und sie strömen alle in mich rein. Irgendwo müssen sie doch schließlich. . ."

Dann seufzt Sie und schluchzt wie ein Kind, das sich müde geweint hat und jetzt schlafen will. Sie schläft sofort ein.

Ich finde keinen Schlaf, höre Ihren gleichmäßigen Atem, das entfernte Schnarchen des Dritten, sein Murmeln, und wie er immer wieder hysterisch losschreit: Der kämpfte immer noch.

Sie schaudert zusammen und erwacht, vom Schüttelfrost gepackt. Das hatte Sie schon ein paarmal. Es ist warm, sogar heiß, so stickig, daß man kaum Luft kriegt, aber Sie – wie von einer Lawine überrollt, so kalt ist Ihr auf einmal. Ich hab schon an Malaria gedacht, aber es ist was anderes: Der Schüttelfrost geht wieder weg, wie er gekommen ist, nach ein, zwei Minuten ist alles vorbei. Dazu muß man Sie nur mit aller Kraft „bedauern" (Sie barmt kläglich selbst: „Bedaure mich!"), dann rollt Sie sich zusammen, um sich in meinen Armen zu bergen. Und schläft ein.

Ich liege da und versuche, aus der Vergangenheit hervorzukramen, seit wann Sie überhaupt bei mir ist. Ich weiß nicht mehr, wie und wann Sie in mein Leben trat. Als wäre Sie schon immer dagewesen, soweit ich mich zurückerinnern kann, sogar irgendwo in meiner, in unserer Kindheit. Zugleich gab es auch wieder ein anderes Leben, auch meins, in dem Sie nicht war und nicht sein konnte.

Mir ist nicht klar, wie und woher das in mein Gedächtnis eindringt: Ein Mädchen, schlaksig, zerschunden an Knien und Ellenbogen, kommt auf mich zugerannt, überall blaue Flecken, in den Augen Entsetzen, ein Flehen:

„Blut! Blut!"

„Bist du hingefallen? Hast du dir wehgetan?"

„Nein. . ."

Ach so, keiner hat der Kleinen gesagt, sie darüber aufgeklärt, daß in ihr eine Frau schlummert.

„Mach dir nichts draus. Wird schon werden."

„Muß ich sterben?"

„Im Gegenteil, du wirst noch mal Mutter."

Der letzte Tropfen auf dem letzten Zweiglein! Schütteln wir ihn ab, lassen wir ihn fallen, dann gibt es keine Wiederkehr mehr, dann gibt es nichts mehr, was war oder sein könnte. Wer hat den Dritten hergeschickt? Wem hat der gefehlt? Die Natur denkt Masse mal Gewicht, so ist das. Unsere Leiden lassen sie kalt. Wie sollte sie jetzt noch mit denen umgehen, die es geschafft haben, sich fast auf Null zu reduzieren? Längst hätte sie sich der Bankrotteure annehmen müssen. Die Ernährerin hat sich verspätet, höchstwahrscheinlich verspätet.

Gegen Morgen fällt Regen. Ich sehe aus unserer Familienhöhle nach draußen: Der Gast ist schon wach. Unser Astronaut, scheint's, ist auf der Erde durchgefroren, da half auch kein Raumanzug. Er hat sich damit zugedeckt, von der Feuchtigkeit ist der orange Stoff ganz dunkel geworden.

Über uns kein blauer Himmelstrichter mehr, er ist von Dunstschleiern wie mit Mullbinden verhangen. Die Blitze leuchten kaum noch durch den von ihnen angestrahlten dichten Nebel, der die Wände unseres Eilands mehr als sonst verhüllte. Jetzt schreckt mich jede Änderung. So unbekümmert, wie ich kann, sage ich:

„Der heißersehnte Ernteschauer."

„Was? Was ist denn das?" flüstert, haucht Sie an meiner Schulter, „Ich hab's ja gewußt."

„Was hast du gewußt?"

„Daß etwas passiert. Und dann noch so ein Traum."

„Macht doch nichts. Dein Regengott überschüttet uns bestimmt mit Regenwürmern wie mit Pilzen. Und außerdem, wie unlängst ein sehr intelligenter Mensch bemerkte: Regen schafft große Nationen!"

„Dann ist das also wahr?" läßt sich eine Stimme unter den Birken vernehmen. Der Dritte hat sich aufgerichtet, sieht sich um.

„Das alles hier!"

„Nicht weniger wahr als Sie selbst", bestätige ich.

Sie liefert die nächste Bestätigung, indem Sie majestätisch aus der Höhle heraustritt. In Ihrer blauen Neuerwerbung stellt Sie sich auf die Zehenspitzen und streckt sich: Sieh mal einer an, wie ich wachse!

Also, dann nichts wie unter die Dusche.

„Was kann es Schöners geben!" Der Dritte ist aufgesprungen. Sie in Blau, er in Rosa und ich, nun ja, womit soll ich mich schon gürten? Ich schlendere hinterdrein, wie Freitag, der schließlich auch herumspazierte, wie die Natur ihn geschaffen.

Ich sehe mir den Dritten genauer an: Über Nacht hat er sich verändert, besonders im Gesicht. Nein, das offenherzige Kinderlachen ist geblieben, aber dieses Benebelte, leicht Stumpfsinnige ist verflogen. Er ist auch nicht mehr so laut. Wie elegant doch die Natur den nichtweißen Mann zuschneidet. Bei uns verausgabt sie sich, spart nicht mit Phantasie und Mühen an den Frauen, aber bei den Männern beglückt sie, wenn es hochkommt jeden Zehnten mit ihrer Aufmerksamkeit. Nein, er ist sogar heller als ich, meine Sonnenbräune ist intensiver, und seine Augen sind von einem unverkennbaren Blau, dafür hat Designer Natur diesen Torso modelliert, dieses Dreieck aus Brust, Rücken und schlanken Hüften konstruiert und die Kurvenlineale zum Skizzieren bestimmt in Afrika geordert.

Heute stellt sich unsere Frau nicht unter den Wasserfall, sie macht sich gleich an die „Vorbereitungen", und auch wir springen unterm Wasser hervor und helfen Ihr brüllend, die betäubten, aus der Höhe herabgeschleuderten Fische zu sammeln, und schleppen sie in unser kleines Vorratsbecken.

Sie paßt den Augenblick ab und flüstert mir ernsthaft, mit Nachdruck zu:

„Heute darf ich nicht baden."

Daß Sie „nicht darf", wird (auch als wir noch zu zweit waren) nur im Flüsterton ausgesprochen. Sie schämt sich und ist betrübt. Na gut, wir geben die Hoffnung nicht auf.

Als sich die Männer nach ihrem lärmenden Ritualtanz unter dem schmerzhaft peitschenden Sturzbach ans Feuer setzen, fragt die Frau:

„Ich hoffe, ihr habt alle Unklarheiten beseitigt, und jetzt ist Ruhe?"

Aber Sie zieht uns selbst auf:

„Also: Es gibt keine Schuldigen, und alle haben recht?"

Wir im Doppel: „Alle Rechthaber sind schuld und alle Schuldigen haben recht!"

„Dann vergeßt das mal einstweilen."

Das heißt, denkt an die Frau neben euch. Na, erlauben Sie mal, wir bemühen uns doch gern. Besonders der Gast. Allem Anschein nach ist er vom Stamm der Frauenhelden, echter Könner eben. Dem muß man nicht jedes Wort aus der Nase ziehen! Und was für Worte! Ihr gefällt's und ob – schöne Madonna! Er hakt Ihre Inventurliste ab und benotet einfach alles, alles, von oben nach unten. Und je weiter er nach unten kommt, desto kühner zählt er seine ganzen Meryll-Jane-Binny-Liz auf, den ganzen goldenen Schwung Filmstars. Wie sich herausstellt, bedarf es, um der Frau zu gefallen – sieh mal einer an, wie Sie strahlt –, keiner besonderen Erfindungsgabe oder Phantasie. Das Wichtigste ist: die Worte nicht lange auf der Zunge gewälzt. Sie hört zu, wie ein Hungriger ißt, mit den Händen am lachenden Mund, damit ja kein Krümmel danebenfällt. Sie bemerkt auch meinen Blick, nein, Sie hat mich nicht vergessen. Ihr kurzes nervöses Lächeln (stör doch nicht!) verspricht, auch mir von dem Reichtum, der auf Sie niedergeht, etwas abzugeben. Warum bist du so grantig, später gehört uns sowieso alles! Freu dich doch, daß ich, die Deine, noch jemandem gefalle. Wozu bin ich sonst da, auch für dich? Ich freu mich ja. Sie guckt immer wieder zu mir herüber, so, als wollte Sie mir diese protzigen Leinwandglasperlen unter der Hand zuschieben.

Soll sich der Bursche ruhig ein bißchen Mühe geben, wenn ich sowieso alles erbe. Nur munter, rühr dich ein bißchen, ich geh solange Wasser holen! Ich hebe ein paar vom Wasserfall bespritzte Plastiktüten auf und will gerade losgehen, da kommt er spornstreichs hinterher. Will helfen.

Ach du! Bist ja gar kein solcher Draufgänger, wie man aus deinen Worten schließen könnte, hast wohl Angst, mit Ihr allein zu bleiben!

„Ach so rum seid ihr? Dann laß ich euch alle beide laufen. . .", hören wir die enttäuschte Stimme hinter uns.

Wir reden natürlich wieder über das, was gestern war, vorgestern, als alles noch war und alles noch möglich schien. Nein. Wir wollen nicht noch mal alles durchspielen. Dazu reicht unser Verstand gerade noch.

Wir einigen uns darauf, daß es nicht gerade sehr intelligent und kein bißchen umsichtig war, uns gegenseitig vom Planeten runterzuschmeißen.

„Bei wem hättet ihr denn sonst euren Weizen gekauft?“

„Und ohne Sozialismus in der Nachbarschaft hätten eure Geldsäcke wohl kaum mit euch geteilt. Von der dritten Welt. . .“

„Eure Bürokraten. . .“

„Waren eure besser?“

„Alles ein Kack und ein Ei. Bloß das linke Ohr rechts und umgekehrt.“

Ich hätte ihm erzählen können, was ich von einem Opa gehört habe, mit dem ich fischen war. Wie die deutschen Landwirtschaftsbürokraten, Okkupanten, keine Lust hatten, die Gesamtbürgschaft für Getreide-, Fleisch- und sonstige Lieferungen bei den Kollektivwirtschaften aufzulösen. Sie benannten sie einfach um in Bürgschaftsvereine. Der bürokratische Alltag setzt sich über jede Ideologie hinweg!

Wir haben unsere Klarsichttüten mit Wasser gefüllt, sie fühlen sich schön kalt und ganz hart an, und kehren um. Aber wir kommen nicht weit. Hin und wieder winkt man uns von oben zu, ungeduldig, schwer entrüstet. Wir legen einen Schritt zu, aber es dauert nicht lange, da haben wir uns erneut in einen endlosen Streit verheddert, wie in ein Netz oder in Wasserpflanzen. Der Hickhack fängt von vorne an, und wir sind wieder wie angewachsen. Jetzt sehe ich mir auch schon die hoch aufragende schwarze Nacht genauer an, die, von stummen Blitzen durchzuckt, vor unserer Insel haltgemacht hat. Wir, unsere Insel, sind nichts weiter als ein lichtgefüllter Becher mit blauem Deckel. Die Becherwand ist gesprungen und von einem Schwarz, wie es nur die Hölle hervorbringt.

Früher habe ich mir nie erlaubt, da hinzusehen oder in der Richtung weiterzudenken, wohl weil Sie dabei war.

Wenn ich meinen Blick abwandte, lenkte ich auch den Ihren ab.

Mit dem Dritten macht es sogar Spaß zu verstehen, zu erklären. Welcher von diesen Atomcracks hat das eigentlich gesagt: „Was hat das mit Moral zu tun? Die Physik ist einfach interessant.“? Bitte sehr, jetzt habt ihr eure „interessante“ Astronomie, original Livermore! Sie suchten sich ihre Leute, bei denen Verstand und Gewissen in Scheidung lebten und haben ihren Willen bekommen: Himmel und Erde zusammengefügt, miteinander verklebt, und zwar so, daß keiner sie mehr so schnell auseinanderreißt.

Warum wandert denn die Sonne über uns im Kreis wie die Zicke am Strick? Morgens fliegt sie von irgendwo aus den Tiefen des Himmels los (nicht vom Außenrand, aus der Nacht) wie eine abgefeuerte, sich zielstrebig nähernde Granate. Paß auf, gleich durchbohrt sie die Insel... Nein, sie kreist über uns!

Der Astronaut hat eine Erklärung parat: Eine plötzliche, starke Raumkrümmung, und die Zeit bewegt sich nicht mehr in einer gewundenen Unendlichkeit voran, sondern rotiert in hektischen Kreisen.

Nett, aber zu verkopft. Ich stell mir das alles viel primitiver vor: Eine Blase, ein Luftbläschen ist hängengeblieben, taucht nicht auf, platzt nicht, und darin ist alles, was übrig ist. Wir hängen, atmen, freuen uns, leben.

„Vielleicht brauchte da oben einer“, der Dritte deutet unbestimmt nach oben, auf unser himmelblaues Bullauge, „Zuschauer für sein letztes Stück. Wir sind beim Großen Spielführer, einem echten Spitzenregisseur, in der Loge zu Gast.“

„Wohl eher auf der Bühne. Massenszenen und Riesenspektakel haben ihn schon angeödet. Ein Dreipersonenstück ist übersichtlicher.“

„Eine Pastorale.“ Der Gast freut sich.

„Für Pastoralen braucht man Schäfer und Schäferinnen. Aber Sie und ich? Wobei es wiederum nach alledem keine friedlicheren Schäfer gibt als Sie und mich."

Es ist weitaus besser, friedfertig zu existieren, und keine Steine in fremde Gärten zu schmeißen. Wir haben schon so viele geschmissen, daß jeder von uns Berge von Steinen zur Hand hat. Genug, damit wir uns bis an unser Lebensende verteidigen.

Eine letzte Frage an den Dritten:

„Hören Sie, wir haben doch alle für beide Seiten annehmbare Zugeständnisse gemacht. Warum seid ihr dann . . .? Oder haben die Worte euch geblendet: Sozialismus, Kommunismus?

Er hört nicht hin:

„Hören Sie, wer bei euch . . . ich hab das bei einem von euren Leuten gelesen, einem Überläufer: Ein ehrlicher Mensch gehört nicht ins Gefängnis, sondern ins Lager. Witzig, was? Wer hat das eigentlich gesagt bei euch, daß man jeden Menschen auf dieser Welt hinter Stacheldraht umerziehen müßte?"

„Was soll denn das jetzt? Meinen Sie etwa Stalin?"

„Hätte es den bei euch nicht gegeben, dann hätten unsere Schweine ihn sich ausgedacht: ein gefundenes Fressen!"

„Sehen Sie. Darum geht es also gar nicht."

„Nicht darum. Aber auch wieder darum. Wenn nun der Große Spielführer Lust bekommt zu verfolgen, wer uns am meisten gehindert hat, uns gegenseitig zu akzeptieren. . ."

„Aber wir haben doch schon längst selbst mit ihm abgerechnet!"

„Das, was übrigblieb hat vollkommen ausgereicht, uns zu Tode zu erschrecken und uns gründlich anzukotzen. Lieber tot als rot. Schon mal gehört?"

„Was krallt ihr euch bloß so an diesem Verfolgungswahn fest?"

„Wir? Ihr etwa nicht?"

Jetzt geht es wieder von vorne los: Wir, ihr. . .

„Nein, geben Sie es doch zu“, jetzt will ich es aber wissen, „ihr habt euch einfach doof gestellt. Alles war doch nur zu offensichtlich. In einer Situation, in der keiner ein Recht auf Blindheit hatte. Und schon gar keins darauf, nur unverbindlichen small talk abzusondern! Soll sich doch alarmiert fühlen, zurückweichen und ganz abhauen, wer in den Abgrund geschaut hat, der sich unter ihm auftut, und ich, den Blick gen Himmel gewandt, marschiere munter drauflos! Und das in ein und derselben Seilschaft? Wollen wir doch ehrlich sein: Ihr seid losgestiefelt und habt euch dabei auf die Sicherung und die Besonnenheit derer verlassen, die am anderen Ende des Seils waren. Das konnte doch nicht gut gehen.“

„Dafür war man an eurem Ende von unserer Schuld überzeugt. Das ist natürlich auch was wert!“

„Hören Sie wenigstens jetzt auf!“

Mit einem Mal besann sich der Gast.

„Was, glauben Sie wohl, würde Sie sagen, wenn Sie uns jetzt hören würde?“

Wir sahen zum Felsen empor. Dort sprang man bereits im Dreieck.

„Allkains. Das würde Sie sagen.“

„Wie?“ Der Gast lacht euphorisch los. „Nein, so was. Mit der Frau auf ’ner menschenleeren Insel!“

„Für eine menschenleere Insel sind wir hier einer zu viel.“

9

Die meisten der von einem Volk behauenen Steine kommen seinem Grabe zugute.

Henry Thoreau, Walden

Ich habe mich nun doch zu einem Schritt in die Zivilisation entschlossen. Sie trägt Ihr prachtvolles Trikot, er wenigstens seinen Slip, ich dagegen bin nur mit Sonnenbräune und meinem schulterlangen polynesischen Haar bekleidet. Zeit auch für mich, an der Zivilisation teilzunehmen. Während die beiden an der Küste Algen sammeln, untersuche ich, der ich hier zurückgelassen wurde, um zu kochen (der Dritte und ich haben aus eigenem Antrieb einen „Männertag" eingeführt), den Raumanzug des Astronauten: Gibt es da nicht ein Stück Stoff, das sich für einen Lendenschurz eignet? Nicht übel, dieses Orangerot da. Plötzlich ertasten meine Hände etwas Hartes: metallische Schwere in einer der unzähligen Reißverschlußtaschen, eine Pistole! Lange nicht gesehen, Servus, alter Knabe! Klein, mit breiter Mündung, altes System. Ein Astronaut könnte auch einen moderneren Apparat haben. Patronen im Griff, ich suche in den Taschen nach weiteren und ertaste noch etwas. Pfeife, komisch, aus Metall, soll aber nach Holz aussehen. Aha, klar: piff, paff, und der andere ist hinüber! Eine Mini-Pistole, Patrönchen im wulstigen Rohr, das als Trommel dient. Und hier muß man also abdrükken.

Meinen Fund lege ich auf einen gut sichtbaren Platz und beginne, Fische zu säubern. Es wäre viel besser gewesen, wenn der Gast ein gutes Messer in der Tasche gehabt hätte, so aber muß ich mich mit scharfen Muscheln behelfen. Ohne Messer dürfte es schwierig werden, den festen Raumanzugstoff aufzutrennen. Aber schön wäre es: Sie kommen, und jemand in Orangerot tritt ihnen würdig entgegen: Wir verstehen uns auch auf Eleganz! Für eine Überraschung habe ich übrigens sowieso gesorgt, da liegen die beiden Dingelchen, allen sichtbar. Hat er denn nicht mehr an seine Pistolen gedacht?

Und in dieser Tasche, da oben, was ist da drin? Eine Astronautenkarte etwa? Wie viele Millirem hat der abgekriegt? Oder gar schon keine Millis mehr? Was?! Diese Dosis würde ja einen Elefanten umlegen! Irgendwas ist da in verschiedener Handschrift zusammengeschrieben. Ach nein, das ist doch nicht ihr Ernst, eher schon ihre Art, sich in ihrem Weltraum zu amüsieren.

„Zeugungsfähigkeit gleich Null (nicht wiederherstellbar). Sexualkomponente unter der Norm." In einer anderen Handschrift dazugeschrieben: „Unter aller Kanone. Statt dessen drei Whisky täglich."

Gut, die Karte soll bleiben, wo sie war. Trotzdem kein gutes Gefühl – als hätte ich eine „Feinduniform" durchsucht. Aber die Pistolen hätte er zeigen müssen. Wir haben ihn ja mit offenen Händen empfangen.

Ihre Stimmen sind schon zu hören, Lachen, sie kommen hier heraufgestiegen. Ich halte es nicht mehr aus, stehe auf und beobachte: Der Dritte schleppt für beide. Sie geht ihm unbeschwert voraus, und in der Hand hat Sie (eine Überraschung jetzt für mich!) eine Blume. Sie schwenkt die Blume, dirigiert heiter, scheint sogar daran zu riechen. Ich könnte mich hinschmeißen vor Staunen. Als wäre Sie erwacht oder als hätte Sie sich an etwas erinnert, wirft Sie die Blume weg und schaut ihr sogar erschrocken hinterher, als hätte Sie aus Versehen eine Schlange anstelle eines Stricks aufgehoben. Aber es bleibt Tatsache: Sie trug die Blume und roch daran. Ja und? Ich weiß nicht, aber mein Herz schlägt wie toll. Ich gehe einen Schritt zur Seite, trete vom Felsenrand zurück, aus irgendeinem Grund möchte ich nicht, daß sie mich gleich entdecken.

„Tagchen! Oh, was ist denn das?" Sie bemerkt die Pistole und die „Pfeife" als erste.

Der Dritte aber lädt zuerst seine Last ab und sieht erst dann, wovon die Rede ist. Vor Verwirrung wird er sogar rot.

„Meine Sammlung habe ich völlig vergessen. Genau, sie waren im Raumanzug."

„Darf ich mal schießen?" Die Frau freut sich über den Fund.

Warum eigentlich nicht? Jetzt sind es in der Tat Spielsachen, auch wir beide beleben uns, immerhin ein Wettbewerb. Spiele guten Willens. Nichts eignet sich besser, einen Mann hervorzuheben und zu zieren, als ein Schießeisen in stählerner Faust.

Die Frau wählt noch immer, mit welcher Pistole Sie schießen soll, ist freudig erregt, als wäre Sie in einen Juwelierladen geraten. Und wir beide überbieten uns in Ratschlägen wie eilfertige Verkäufer: Diese hier, nein, die da ist handlicher. Der eine zeigt, wie man so etwas halten muß, der andere, wie man dabei richtig steht, nämlich so, den Körper ein wenig zur Seite gedreht. Und hier bitte drücken. Aber ich vergesse nichts. Ich pflücke an einer Stelle, wo ich am Morgen nicht gemäht habe, eine Blume, die nicht mit den anderen in die Schlucht gewandert ist, und klatsche sie, naß und schwer, wie sie ist, an den Felsen: hier das Ziel! Die Blume hält sich wie festgesaugt. Unwillkürlich rieche ich an meiner Hand: Nein, sie stinkt nicht, nur diese pilzige Nässe ist zu spüren.

Die Frau legt an, Sie möchte so gern treffen, und wir stützen Sie an den runden Ellenbogen und kichern nachsichtig und gerührt. Natürlich wird Sie danebenschießen, wir wissen das im voraus, dafür werden wir beide brillieren – und wie, das soll uns erst mal einer nachmachen!

Der Knall füllt den ganzen Raum zwischen den schwarzen Mauern mit seinem Echo, als hätte man plötzlich einen der Blitze vertont.

„Genug, meine Dame, jetzt sind wir dran", klingt die Stimme des Gemahls.

„Getroffen? Hab ich getroffen?"

„Ja, mitten rein – ins Blaue!" Ein schräger Spaß, erstmals wieder seit der Zeit ausgesprochen, da man tatsächlich in den blauen Himmel getroffen hatte, und zwar gleich so, daß er für immer schwarz wurde.

Jetzt sind wir dran.

„Mein Herr, Sie haben die Wahl der Waffen", biete ich dem Gast an.

„Nein, die Waffen gehören mir, also wählen Sie bitte."

„Gott, wie aufregend!“ Die Frau klatscht in die Hände. „Ich bin dann der Sekundant.“

Wir legen fest, wer womit schießt. Der Dritte kratzt mit einem Stein eine Zielscheibe ein, vergißt auch das kleine Kreuz in der Mitte nicht. Meine Blume übersieht er geflissentlich.

Ich schieße auf die Blume, er auf sein Kreuz. Beide haben wir es gut gemacht. Man applaudiert uns. Und verlangt:

„Ihr könnt es sowieso, laßt mich noch mal!“

Der Dritte sieht mich an, ich reagiere mit einem Ja-Blick, einfach stark, wie wir uns verstanden haben: Gleichzeitig schmeißen wir unsere Spielsachen hinter den Felsen, wo das Meer ist.

„Ihr Klugscheißer, ihr! Hättet ihr doch etwas früher Vernunft angenommen.“

Wir beide aber fühlen uns wohl, wir freuen uns, als würde unsere Handlung in der Tat etwas bedeuten, etwas entscheiden. Von hier aus demonstrieren wir irgend jemandem, wie leicht und einfach so was ist.

„Wenn wir schon zu dritt sind, ist es besser, wir kommen ohne die Dinger aus“, erläutere ich der Frau heiter.

„Eben!“ bestätigt mein Partner die erfolgreiche Abrüstung. „Ich habe den Verdacht, daß auch **dort** ein dritter als erster geschossen hat. Auf euren Reaktor, auf unseren. . .“

„Zumal in jedem Menschen ebenfalls drei andere versteckt sind.“

„Jetzt fangt ihr mit Zahlen an.“ Die Frau langweilt sich.

Nein, das ist keine gar so öde Materie. Mein Gehilfe auf dem Boot, gesellig wie alle Odessaer, hatte stundenlang alle, die es hören wollten, wenn unser U-Boot in einem gewissen Quadrat schlummerte, aufgeklärt und Ideen über einen „Mehr-Kammer-Menschen“ entwikkelt, die ihm rettend erschienen. Wenn man einen solchen Menschen richtig, wissenschaftlich enträtsele und ausleuchte, auslote, könne man ihn in rettender Richtung anstoßen.

In jedem Menschen, so mein Odessaer, befänden sich drei Besatzungen, je eine in jeder der drei Kammern. Drei Kommandeure mit ihren gehorsamen, treu ergebenen Mitstreitern. Und jeder möchte, daß auch die übrigen Besatzungen auf seinem Kurs sein Ziel ansteuern. Dabei habe jede Besatzung ihren Kurs und ihre Ziele, und die seien anders als die beider anderen Besatzungen. Kammer eins: „Wein, Weib und Gesang" (vereinfacht gesehen). Die wollen alles und zwar sofort: Man lebt nur einmal, und sie wollen von allem das Feinste, Schmackhafteste, Angenehmste, und alles bis zum Gehtnichtmehr. Sofort auf die Insel lossteuern, wo Milch und Honig fließen!

„Das bist du!" Ich zeige auf unsere Frau.

„Einverstanden! Wer will mit?"

„Warte mal, klären wir die Sache weiter. In Kammer zwei sind die ‚Kinderlieben'."

„Das bist du", beeilt Sie sich zu sagen, ohne Ihr Lächeln aufzugeben.

„Schon möglich. An der Wand, auf den Geräten, auf den Raketen und Torpedos, überall Familienfotos, süße Frätzchen, Löckchen. Für sie sind die bereit, in die Hölle zu gehen. Dort, wo wir hinzeigen, um des Glücks der Kinder, der Nachkommen willen, und hieße es, den Gürtel enger zu schnallen!"

„Was bleibt denn für mich übrig?" fragt der Dritte interessiert.

„Kammer drei ist ein Jemand. Der Geheimnisvollste, am spätesten hinzugekommene Jemand, der es jedoch schon weit gebracht hat, vielleicht viel weiter als die anderen alle. Eine wandelnde Idee! Und eine entsprechende Besatzung: die Fanatischsten von allen Fanatikern. Milch und Honig, süße Frätzchen und Löckchen – wenn ihn das überhaupt interessiert, so nur als ‚Idee des Schlaraffenlandes', als ‚Idee der Frätzchen'. Er wird zwischen Idee und Schlaraffenland nicht erst wählen. Er hat schon längst und ein für allemal gewählt: Nicht der Sabbat ist der Herr über den Menschen, sondern der Mensch der Herr über den Sabbat!"

„Also nein, das bin ich nicht!" protestiert der Dritte. „Das ist irgend so'n ‚Führer'."

„Lehnen Sie nicht gleich ab! Die zwei ersten stecken in jedem Kaninchen, sind Relikte. Gerade der dritte, der ‚Ideologe', macht die Menschen erst zu Menschen. Er hält sie zurück, er richtet sie auf und stellt sie von allen vieren auf die Beine. Er verpflichtet sie, nicht nur an sich und seins zu denken und für sich allein zu sorgen. Er lehrt, den Traum vom allgemeinen Glück und Wohl zu leben. Ohne ihn hätten die Menschen keinen Schritt von ihrem Bau, von ihrer Feuerstelle weggetan. Er, nur er allein lehrte und lehrt sie, für das allgemeine Wohlergehen und Interesse zu sorgen. Für das Wohl nicht nur der eigenen Sippe, denn hier helfen auch die Relikte, sondern auch aller anderen menschlichen Gemeinschaften als eben menschlicher Gemeinschaften. Etwas anderes ist, inwiefern die eine oder andere Gemeinschaft tatsächlich für das allgemeine Wohl besteht. Da haben Sie ‚Führer' erwähnt. Nein, auf den ersten Blick errät man nicht, was daraus wird: ein Tempel der Brüderlichkeit oder eine Pyramide, ein himmelhohes Monument zu Ruhm und Ehren des ‚Organisators der Arbeiten'. Eben hier liegt der Hund begraben: im Durst, im Rausch der vollkommenen Macht – einer unbedingt alleinigen Macht! – bei jedem einzelnen Kommandeur unserer Kammern. Aber selbst der ganze Mensch ist außerstande, die Alleinmacht lange zu tragen, ohne zu etwas Unerträglichem auszuarten. Das hat schon Rom bezeugt, Plutarch gesagt. Um so weniger ist dieser Alleinmacht ein Drittel unserer Natur und unserer Spezies gewachsen. Aber wen hat das jemals aufgehalten und wann? Weder den ersten noch den zweiten, erst recht nicht den dritten. Und da haben wir es: immerwährender Kampf, Rivalitäten, Intrigen, labile Pakte, das ganze Paket, genannt Geschichte des Menschen auf der Erde."

„Ganz schön, deine Kommandeure, wenn der Odessaer nicht gelogen hat!" Die Frau blickt uns durchdringlich an. „Folglich wart ihr nicht sechs Milliarden, sondern dreimal soviel. Nein, noch mehr: Da waren ja auch noch die Besatzungen. Jetzt ist klar, warum sie grundsätzlich nicht miteinander auskommen konnten. Wenn man mit sich selbst keinen Frieden findet, wie soll er mit den anderen zustande kommen?"

„Ich sage ja, jemand hat hinter unserem Rücken losgeschossen." Der Dritte beharrt auf seinem Gedanken.

„Ach ja, beinahe hätte ich's vergessen: nicht drei, sondern vier Kammern. Das habe ich versäumt, und dabei hätte ich's nicht dürfen! Mag sein deshalb, weil wir hier zu dritt sind. In uns ist jedoch noch ein vierter anwesend. Die Tür dieser Kammer ist von außen ganz mit Kreide, Farbe, Teer und ähnlichem vollgeschrieben, ja vollgeschmiert: ‚Feigling!', ‚Egoist!', ‚Verräter!' usw. Das ist die wenig freundschaftliche Hand der Nachbarn. Sie verachten einen. Wie sollten sie nicht, wenn von hier aus bisweilen ein Befehl kommt, so drohend und machtvoll, daß man alles vergißt und losrennt, ihn auszuführen: ‚Alles wegschmeißen, alles vergessen, rette sich, wer kann! Hinwerfen! Laufen! Totstellen, nicht rühren!' Man vergaß dabei manchmal Kinder, jawohl, das kam vor, und auch hilflose Alte – versuch's , nicht zu parieren: ein Befehl wie ein Hieb in die Magengrube! Da denkt man nicht mehr an Gewissen und so. Später quält man sich und hat Gewissensbisse, alles wegen des in dieser Kammer Befehlenden. Wir wollen sie so nennen: Alle Mann an Deck! AMD. Wissenschaftlich wäre das der Selbsterhaltungstrieb des Einzelwesens. Sowohl die ‚Schlemmer' als auch die ‚Kinderlieben' verachten ihn, aber eben nur feige, wie Lakaien ihren Herrn. Sie wünschen partout nicht zuzugeben, daß sie ohne AMD keinen

Platz unter der Sonne erobern könnten, keinen für ihren Wanst und keinen für ihre Kinder. Mit Hieben und wütenden Rufen ‚Durchhalten, nicht aufgeben, wenn du leben willst!' treibt, hämmert AMD den ‚Schlemmern' und den ‚Kinderlieben' eine solche Standhaftigkeit, Ausdauer und Kraft ein, daß sie es später selbst nicht fassen können: Wie haben wir das bloß geschafft, wie das alles überwunden, waren wir das wirklich?! Und wenn erst der ‚Ideologe' im richtigen Augenblick auftaucht und neben den Relikten seine Gruppe organisiert, da geht alles erst richtig los! Vor allem schreibt er sich alles Heldenhafte zu. AMD wird hingegen noch einträchtiger als Panikmacher und Selbstling verachtet und beschimpft. Die tausendjährigen Auseinandersetzungen, der Kampf des ‚Ideologen' gegen AMD – das sind die schönsten Seiten der größten Sagen, Bücher und Filme. Unsere Sympathien erringt am häufigsten der ‚Ideologe': Seine Helden, seine Lieblinge, alle, die ihm treu sind, sterben schön, reden lange (Zeit und Geld spielen keine Rolle, die Informationstechnik, wie übrigens jede andere, ist ja sein Kind!), wenn nötig, in Gedichten, Poemen und Serenaden. Oh, dieses heroische Kainsblut! – das wurde in alten Zeiten gesagt, paßt aber genau auf unsere nuklearen. Kein Wunder, daß auch die übrigen Relikte sich vom ‚Ideologen' angezogen fühlen und AMD, solange es schlummert, mit Füßen treten. Ja, freilich hatte auch AMD eine Zeitlang Verbündete. Selbst im Lager, in der Kammer des ‚Ideologen'. Sie versuchten, für den Selbsterhaltungstrieb des Einzelwesens den defizitären Status des Selbsterhaltungstriebes des Menschengeschlechts herauszuschlagen. Jenen Status, den uns die unvorsichtige Mutter Natur nicht beschert hat. Aber konnte der ‚Ideologe' auf seinen Vorrang, auch nur auf einen Teil seiner Autorität denn verzichten? Oder sich schnell genug in dieser Richtung verändern? Und dann gibt es noch etwas wie die Kraft des Wortes, genauer, die Kraft des tradierten Wortgebrauchs. Zum Beispiel: Wer von euch ist ein Feigling? Gibt es unter euch jemanden, der Feigling genannt werden will? Oder Verräter? Und Schurke und dazu noch Feind des eigenen Volkes? Wieso sehe ich keine Freiwilligen? Na also! Und daß man vielleicht das Menschengeschlecht rettet, will erst bewiesen werden. . ."

„Ich weiß nicht, was Sie davon halten, aber ich bin der Ansicht, daß es Menschen gibt und außerdem Biriten", sagt der Dritte unvermittelt ernst, wenn auch mit einem unsteten Fünkchen Ironie in den Augen. „Die Wissenschaftler haben wie immer etwas durcheinandergebracht. Haben sie von den Biriten gehört? Das sind Menschenaffen; sie gelten als Sackgasse der Entwicklung. Sackgasse hin, Sackgasse her, sie sind trotzdem Menschen geworden! Weiß nicht, ob Sie sie mal gesehen haben, ich jedenfalls habe sie zu Genüge erlebt. Ein Bauch, der unter die Knie herabhängt, und dabei Augen, traurig wie bei einem Schakal. Weil sie ewig hungrig sind: Bei so einem Ranzen ein Schlund wie bei einem Vögelchen. Er mag noch so viel an sich gerissen haben, es reicht ihm immer noch nicht, hat noch immer dieses hungrige Flackern in den Augen. Ein Appetit, groß und unersättlich, und ein Kehlchen wie ein Strohhalm."

„Wenn man euch beide so hört. . ." Die Frau findet keine Worte, so empört ist Sie. Und dann wieder ganz Kind: „Ich bin wohl auch so? Ich will von euren Weisheiten nichts mehr wissen!"

Da zeigen wir, wie wir uns anzubiedern verstehen, wie wir nicht schurkisch, sondern schurkisch reuig sein können, alle beide. Ja, wir schämen uns auch selbst in Grund und Boden, daß Sie solche Nachbarn, solche Verwandten auf dieser Insel hat, usw. usf., bis Sie endlich lacht.

Aber ich kehre trotzdem zu den Kammern zurück, weil ich begreife, daß ich mich doch verheddert und meinen Odessaer verdreht dargestellt habe. Daß ich nun doch im Wunschdenken steckengeblieben bin. Das ist ja das Malheur, daß wir die vierte Kammer nicht in uns haben: Ach, wenn der große Selbsterhaltungstrieb der Zweibeiner eine solche Selbständigkeit, sein eigenes einträchtiges Team hätte! Aber nein, AMD steckt heimlich in einer Ecke der „lustigen Burschen“ und erweist ihnen kleine, nichtige Dienste: Bald erschreckt es einen Vielfraß durch irgendein Wehwehchen, bald rettet es einen Besoffenen unter den Rädern hervor, und auch das rechnen die Menschen nicht ihm an, sondern dem Schöpfer selbst: Ja, der schont und behütet die armen Trinker. . .

Nur unter extremen Bedingungen herrscht und befiehlt AMD, da pfeift es wirklich alle Mann an Deck!

Der dritte greift meinen Gedanken auf, aber an einem abwegigen, mir entwichenen Zipfel:

„In unserem fliegenden Sarg hatten wir auch so Philosophen. Auch sie quälten sich damit ab, wer Feigling und Verräter ist und wer ein Held, wenn jetzt eine einzige Bombe allen gilt. Unser Arzt – der hatte alle Röntgen und sonstigen Rem in seinen Heften – mokierte sich über unsere größten Patrioten: ‚Wie denkst du, soll ein einzelner Mensch sein Leben für das Volk opfern? Richtig, er soll, und zwar mit Freuden! Kluges Köpfchen! Und ein einzelnes Volk für die Menschheit? Ist ein Volk keine ebensolche Einheit gegenüber dem ganzen Menschengeschlecht wie ich und du gegenüber dem eigenen Volk, ja oder nein?’ Da langte uns die Sophistik für gut zehn Erdumdrehungen.“

„Halt, halt!“ Auch Sie schaltet sich nun ein und blickt mich voll an. „Ich hätte gern mal gesehen, welche Frätzchen und Löckchen du an die Wände deiner Kajüte geklebt hast.“

Der dritte, gegen den Felsen gelehnt, stöhnt vor Vergnügen sogar auf:

„Ich kann mir das lebhaft vorstellen! Nach meinem eigenen Pott: die 42nd Street in all ihrem Glanz!“

Ich hätte Ihr am liebsten geantwortet (und das wäre wie die Wahrheit gewesen): „Deine!“

Klar, ich hatte alle möglichen Akte, meine Freunde brachten sie mir mit und klebten mir die Wände voll. Die Offiziere verstanden sich auf die „moderne Darstellung des Nackten“. Aber auch sie betrachteten wie gebannt die auf einer großen perlmutternen Seemuschel stehende Venus, ihren lichterfüllten und zugleich unbestimmt traurigen, fast kindlichen Blick, den die Blöße ihres schönen Frauenkörpers noch betonte. Sie hat einen sanften Blick – für die Welt, die sie empfängt, und nicht für dich, und darum kann niemandes Auge ihre Blöße beschmutzen. „Verdammt noch mal, die konnten was zeichnen!“ murmelte wohl der eine oder andere; und jemand hob vielleicht sogar die Arme, um anzudeuten: Haare sind das, man braucht schon beide Hände, um sie zu raffen.

Diese ihrer Unvergänglichkeit sichere Boticellische Schönheit, die ruhige Zärtlichkeit der Frauenaugen geleiteten mich in den Schlaf, und bei jedem Erwachen empfing sie mich, die Schaumgeborene – **ich trug Sie mit mir fort, Sie empfing mich**. . .

„Geburt der Venus“, eine in Florenz gekaufte Reproduktion, ebenfalls in Farbe, hing auch an der Deckswegerung des Hauptpults. Ich hatte sie genau über der Hauptsignaltafel festgeklebt, ohne mit Klebstoff zu geizen, damit mein hyperkorrekter Vize sie nicht bei seiner Routinekontrolle wegkratzen konnte.

10

Die Flut vernichtete alle Wesen; nur Manu allein blieb . . . Da er Nachkommenschaft wünschte, lebte er ein frommes und strenges Leben. Auch vollzog er das Paka-Opfer: Im Wasser stehend brachte er ein Opfer aus reinem Öl, Sauermilch und Quark. Daraus entstand ein Jahr später eine Frau. Als sie ganz fest war, erhob sie sich auf die Beine, und wo immer sie hintrat, waren ihre Spuren reines Öl . . . Sie kam zu Manu, und er fragte sie: „Wer bist du?" Sie antwortete: „Deine Tochter. . ." Gemeinsam mit ihr führte er nun sein frommes und strenges Leben, da er Nachkommenschaft wünschte. Mit ihr zeugte er das Menschengeschlecht, das Manu-Geschlecht, und jedes Wohlergehen, um das er durch sie bat, wurde ihm gewährt.

Satapatha-brahmana

Was habe ich nur mit meinem Geschwätz über den „Mehr-Kammer-Menschen" angestellt! Jetzt hört man (Sie hat diese Launen immer öfter) fortwährend: „Der Dritte bist du!", „Du bist der Dritte!"

Also der, der nur von seinen Halluzinationen lebt und alle damit abspeisen will.

„Ich bin für dich auch nur so eine Idee, so ein Schatten!"

Aber Ihre Qualen liegen tiefer, es geht nicht nur um meine Vor- und Nachteile. Wie ein Gehirntumor wuchert in Ihr eine Ahnung, ein Verdacht, eine Horrorvision, daß wir hier wirklich nur Schatten, Schatten eines verstorbenen Lebens sind und daß uns alles nur so vorkommt. Der Erinnerungsfaden, der sich zur rostigen Tür hinter dem Wasserfall zieht, spannt sich in Ihr mehr und mehr und fördert immer neue Einzelheiten zutage, vage, aber schmerzliche Details. In jenem graniten-stählernen Sarg, der für ein langes Leben mit geschlossenem Zyklus so schlau ausgedacht, entworfen und gebaut worden war (Pflanzen sollten Kohlenstoff absorbieren und menschliche Abfälle die Pflanzen ernähren), wurden die

Menschen selbst sehr schnell entweder zu Bütteln und Henkern oder zum Lagermob, der pauschal vernichtet wurde. Mit zunehmender Wut machten die Aufseher Jagd auf alle, bis sie sich gegenseitig niedermachten. Bald blieben in der winzigen, erloschenen, vom Leichengift durchtränkten Welt nur noch zwei Wesen übrig. Ein kleines Mädchen und ein Stummer. Wie so häufig, überlebten die Schwächsten und Hilflosesten: Das Leben versteckt sich oft in einer Hülle, in welcher der Tod es am wenigsten vermuten würde.

Das Mädchen hatte furchtbare Angst vor dem Stummen, wie dort zuletzt alle Angst voreinander hatten. Bald begriff sie jedoch, daß er sie brauchte. Ohne sie konnte er den Computern keinen Befehl erteilen, kein Wasser, keine Nahrung bekommen, würde er ersticken (die Geräte funktionierten zwar nicht reibungslos, lieferten aber noch immer das Angeforderte). Doch auch der Stumme hatte Angst vor ihr. Den sie hätte ohne ihn existieren können. Man wußte nicht, wann er schlief, unausgesetzt überwachte er sie. Oder er ging für eine Zeitlang irgendwohin weg, verkroch sich unter den Leichen, holte dort wohl seinen Schlaf nach. Dann tauchte er wieder auf. Sie fürchtete sich schon davor, daß er einmal vielleicht nicht zurückkehren und daß sie allein bleiben würde. Schließlich hing sie sogar an diesem skelettdürren Scheusal, dem einzig Lebendigen in der Welt des Todes. Ohne es zu merken, streckte sie manchmal ihren Arm nach dem seinen aus (er prallte erschrocken zurück). Oder sie erzählte ihm ihre Schlafträume und Phantasien: Wie man die Tür geöffnet und das Tageslicht eingelassen habe und wie sie hinausgelangt seien, draußen aber sei alles wie früher gewesen: die Sonne, das Gras, nur daß sie ihre Mutti gesucht und nicht gefunden habe. Und dann sei sie weinend aufgewacht.

„Kannst du dich an sie erinnern?“

„Nein. Ich erinnere mich an nichts, ich bin der unglücklichste Mensch auf der ganzen Welt!“

Am Morgen schläft Sie, zerquält, endlich ein. Ich arbeite mich aus unserer kleinen Höhle nach draußen und suche mit den Augen gewohnheitsmäßig die Sense. Der Dritte schläft noch unter den Birken. Ein fester Schlaf, da kann man nichts sagen. Nein, er hört mich doch, hebt den Kopf. Ich zeige mit der Sense: Komm, wir wollen etwas arbeiten. Aber leise! Auch er rollt einmal mit den Augen, nickt verständnisvoll zur Höhle hin, und wir ziehen los.

Was unsere Diskussionen und überhaupt meine Gefühle gegenüber meinem Nächsten und Mitmenschen in diesem Inselleben etwas erschwert und verwickelt: Er ist nicht nur Amerikaner (der Gegner von gestern), sondern auch Farbiger (und folglich Objekt eines uns schon in der Kindheit anerzogenen Mitgefühls). Wäre er Weißer wie ich (wenn auch meine Sonnenbräune dunkler ist als seine angeborene Bräune), hätten wir es leichter, wenn wir unsere unvernünftige Vergangenheit zu klären und zu teilen versuchten.

Nein, wäre ich Sie, ich würde mich in seinen gleitenden, federnden Gang verlieben, den Gang eines Tieres im dichten Gras. In diese besonders schlanken Arme, die sehnigen, langen Beine und den stolzen Hals. Unmöglich, daß Sie all das übersieht! Da hätten wir (Pluspunkt für die Wissenschaft) einen weiteren Beweis, daß der Mensch nicht sonstwo, sondern in Afrika in die Welt kam. Gottes beste Kurvenlineale und noch nicht abgenutzte Schablonen waren für diese Ersten verwendet worden.

Alles meine hiesigen, jetzigen Gefühle und Gedanken, die von der Insel. Dabei gab es auch noch frühere, anerzogene und meistens angelesene. Die Welt, sowohl die weiße als auch die schwarze, hatte sich bewegt, war komplizierter geworden. Wir dagegen hielten an den gewohnten Vorstellungen fest, weil das bequemer war.

Auf uns wird keiner einen Stein werfen. Nicht wir hatten die Diskriminierung der Schwarzen erfunden. Im

Gegenteil. So sehr im Gegenteil, daß uns folgende Peinlichkeit passieren konnte.

Eine füllige, weißhaarige Dame, eine der Unsrigen, sah auf dem Flughafen von Rom einen Schwarzen, holte aus ihrer Handtasche sofort ein dunkelrotes Abzeichen hervor, drehte es hin und her, um herauszufinden, wie sie es festmachen konnte, und steuerte auf den Mann los, um das Abzeichen ans Revers seines wie angegossen sitzenden blendendweißen Anzugs zu heften. Es entstand ein unbegreifliches Durcheinander weißer und dunkler Hände. Einfacher ausgedrückt, stießen die dunklen Männerhände die zur Brüderlichkeit mahnenden weißen Frauenhände wütend zurück. Wir sahen noch weiße Schuhe, die sich schnell entfernten, eine weiße Hose und zwei hinterhereilende Figuren. Weiße, die aussahen wie Angestellte und sich immer wieder entrüstet umdrehten. Der Landsmann, der uns abholte, meinte resigniert müde, wie zum hundertsten Mal: „Warum müßt ihr denn gleich wieder! Das war ein amerikanischer Millionär!“

Soll ich diese Geschichte unserem farbigen Amerikaner erzählen?

Er hört mir überraschend ernst und aufmerksam zu.

„Daß ich kein Millionär bin, da können Sie Gift drauf nehmen. Und wie mein kleiner Finger mir sagt, sind Sie auch keiner. Aber es ist die Ironie des Schicksals: Ihr Weißen habt die Bombe erfunden und euch zuerst ausgerottet. Und in gleichem Aufwasch alle anderen, Gelbe, Schwarze, Gestreifte. Übrigens hatten einige von ihnen auch was zum Abschmeißen, eine Beigabe für den gemeinsamen Hexenkessel. Gewonnen habt wiederum ihr. Ihr macht nun zwei Drittel aus, ich bin nur ein Drittel. Dabei war es früher umgekehrt.“

Erst da bricht er in sein übliches Lachen aus.

Da sind sie, die Verfluchten, wieder sind sie in der Nacht aus der Erde hervorgequollen, so daß man kaum aufzutreten wagt. Unter den Füßen schmatzt es sogar vor pilziger Nässe, ein echter Blumensumpf. Ich mache einen Schritt zurück und fange an, die gelben Krötenköpfe abzuschlagen. Mit den Beinen schiebe ich die ganze unnütze „Heusilage“ zur Schlucht hin und mache dem Dritten ein Zeichen: Komm, hilf mir mal!

Statt dessen rekelt er sich genüßlich, macht ein paar Armbewegungen, die reinste Windmühle! Und blickt mich schon wieder verständnislos an. Schon gut, ich komme auch allein klar. Er erzählt mir unterdessen, welche Folterinstrumente in ihren Raumschiffen aufgestellt waren, und will wissen, ob wir auch Bodybuilding gemacht haben.

Trotzdem halte ich ihm mein Drehaggregat hin (die Sense ist ganz mit milchigem klebrigem Schleim bedeckt, der die Hände schwarz färbt).

Er nimmt das Gerät und untersucht, wozu das Ding wohl gut sein soll. Versucht, es zu drehen, nicht gerade gekonnt. Blickt mich fragend an. Ich zeige auf den hohen Blumenteppich, aber er stellt sich immer noch blind. Was versteht er denn nicht? Mir läuft es aber kalt über den Rücken. **Wie, wenn es die Blumen tatsächlich nicht gibt? Nicht nur den Geruch, sondern die Blumen selbst?**

„Na, hier doch!“ flüstere ich, eigentlich wollte ich schreien, und gebe dem Gemähten einen Tritt.

Ich nehme ihm die Sense weg, wir setzen uns auf die Steine. Als wäre nichts gewesen, nichts passiert. Offenbar meint er es so, er hat nichts begriffen. Mir aber hatte es einen mächtigen Schock versetzt. Nur mit halbem Ohr höre ich ihm zu. An meinen Handflächen kleben kleine Röllchen, ich reibe sie zwischen den Fingern, kratze sie mit einem Steinsplitter ab (hier, da sind sie ja!). Wovon redet er denn jetzt? Ach so, von diesem Hirnriß: nuklearer Hinterhalt, Apparate für „Endschlag“, „Vergeltung“ – an wem und wofür wolltet ihr euch denn noch rächen? An den noch Übriggebliebenen, von Wahnsinn erfaßten Lebewesen, an der letzten

„Biomasse“, wo es bereits keinen grundsätzlichen Unterschied gab zwischen Insekten, Tieren und Menschen!

Die Vergeltung, die donnergleiche, ereilt uns selbst:

„Ihr Schweine! Mehr seid ihr doch nicht! Wenn ich das richtig sehe, fliegen oder schwimmen eure. . ., diese . . . hier noch irgendwo rum! Und müssen noch mal losschießen.“

Erschrocken drehen wir uns um: Sie steht da und merkt gar nicht, daß Sie nicht angezogen ist (Ihr Trikot hält Sie in der Hand geknüllt), die Augen schießen Blitze.

„Geschmeiß, ihr! Daß euch keiner totgemacht hat!“

„Befehl ist Befehl“, lacht der Dritte schuldbewußt, „man ist schließlich Soldat. Und daß wir noch nicht tot sind, liegt daran, daß wir den Befehl noch nicht ausgeführt haben!“

„Großer Gott, mit so was muß ich es hier aushalten! Und dazu noch dieser eklige Dreck!“

Wie freut mich Ihre angewiderte Geste, die vertraute Grimasse zu den Blumen hin! Sie sieht sie sehr wohl, wir beide sehen die Blumen, alles ist da, und was der hat, ist sein Problem.

Zehn Minuten später albern wir schon wieder herum, unterwegs zum Wasserfall. Wie immer, pirscht Sie sich an mich heran, dann krallte Sie sich an mir fest wie eine Katze, nein, kein einziges Mal irrt Sie und wirft sich ihm um den Hals. Dabei wäre es bestimmt rabenstark, auf so einem „Drachenflieger“ abzuheben: diese deltaförmige Gestalt – Schultern, Rumpf! Jedesmal weicht er so furchtsam zur Seite, daß es schon komisch wirkt. Sie bemerkt das – aha, jetzt dürfen wir uns auf etwas gefaßt machen, gleich zieht Sie eine Nummer ab: Da habt ihr's, macht es unter euch aus!

Wir Männer behandeln voll Eifer das Thema „Frauen als Außerirdische“. Die Frau sei nicht von dieser Erde, vielmehr uns aus dem All herabgelassen oder aus der Antiwelt ausgestoßen. Oder aus weiblicher Neugier von allein zu uns gekommen. Wir dagegen seien geborene Erdenmenschen, Uraffen, und der Frau sei nichts anderes übriggeblieben, als uns zu ihr aufzuheben, zu vermenschlichen. Wenn so eine doch uns zwei Draufgänger vermenschlichen wollte!

„Kein besonders aufregender Job!"

Kritisch beguckt Sie uns, schüttelt Ihre Mähne und geht voraus. Über die Schulter wirft Sie noch die Bemerkung hin:

„Ihr müßt erst noch zur Welt kommen. Ich muß mir allerdings überlegen, ob sich das lohnt."

Plötzlich macht Sie auf einem steilen Abhang halt, dreht sich zu uns um.

„Weißt du noch. . ."

Und erzählt eine Geschichte, die Sie von mir gehört hat, die Geschichte von zwei Frauen, die ihr alleiniges mütterliches Anrecht auf ein und dasselbe Kind leidenschaftlich nachzuweisen trachteten. Und wie ein Weiser ihnen vorschlug, das Kind zu „halbieren".

„Versteht ihr, ein lebendiges Kind halbieren!"

Selbstverständlich habe die wahre Mutter der falschen alle Rechte abgetreten, wohingegen die falsche von Anfang an zu allem bereit gewesen sei.

„Hat jemand von euch seine Rechte abgetreten, nachgegeben? Damit die Kinder lebten?" fragt Unsere Frau Richterin.

„Wir haben nachgegeben! In vielem!" antworten wir unisono.

„Auch im Großen nachgegeben? Wenn's schon soweit gekommen ist. Die Kinder, es ging ja um die Kinder!"

„Es gibt Dinge, über die Politiker nicht hinausgehen können, weil sie eben Politiker sind", antwortet der Dritte, offensichtlich gelangweilt.

„Bestand die Welt denn nur noch aus Politikern? Gab es keine Väter, keine Mütter?"

„Es gab noch andere, die. . ." Der Dritte knurrte äffisch. „Der Präsident warf ihnen einen Knochen hin, und als er dann versuchte, sein Billiönchen zurückzubekommen, schnappten sie – zack! – nach seiner Hand. Das waren halt Kerle, die mit keinem gern halbpart machten!“

„Wir gaben nach, solange wir konnten“, versuche ich auseinanderzusetzen und mir auch selbst klarzuwerden, „aber doch nicht bis ins Unendliche! Wenn die auf taub mimten! Wie man in alten Zeitungen nachliest, habt selbst ihr. . .“

„Und für uns“, der Dritte albert unverkennbar, mit einer Frau über Politik zu reden, ist bei ihm nicht drin, „für uns stand jedenfalls fest: Lieber sollen unsere Kinder mit Gott im Herzen als später rot sterben! Die Kommunisten glauben schließlich nicht an Gott!“

„Und ihr?“

„Wir natürlich auch nicht, aber das haben wir nicht an die große Glocke gehängt. Unser sehnlichster Wunsch war, eine Arche Noah, eine kosmische, zusammenzubauen. Damit sich nur die Reinen retten konnten. Die Unreinen gehörten zerstrahlt! Aber Gottes Computer hatten einen kleinen Defekt, und so sind wir hier.“

Er redet nur so daher, Ihr aber ist es ernst, zum Weinen ernst.

„Also habt ihr halbiert? Das Kind halbiert?“

Mit dem Arm deutet Sie eine Bewegung an, dahin, wo unsere Insel, unsere unbegreiflicherweise existierende winzige Welt, endet. Dort, in dem von Blitzen und Stürmen durchzuckten, vereisten Ruß ist alles begraben: das Recht der einen, das Unrecht der anderen, alle Wahrheiten, alle Ideen, alle Worte.

„Gewogen und zu leicht befunden. . .“ Sonderbar, wie deutlich man manchmal die Stimme der Einnerung hört: etwas mal Gelesenes, in Gesprächen Aufgeschnapptes.

In der Nacht wache ich auf, weil Sie, an mich gedrückt, zärtliche Worte flüstert.

„Sei still“, sage ich schon gewohnheitsmäßig, „er schläft vielleicht nicht.“

„Der ist weg. Irgendwohin weg. Hoffentlich für immer!"

„Warum das denn?"

„Darum! Und weil ich will, daß alles so ist, wie ihr es einmal getrieben habt!"

Häßlich ordinär und herausfordernd anspruchsvoll ist Sie, als wollte Sie mich einer Schuld überführen. Als wollte Sie die Wirklichkeit selbst (oder, wie Sie meint, die Unwirklichkeit des Bestehenden) beschämen, provozieren, damit sie sich preisgibt.

Danach weint Sie selig und sucht mich heftig, leidenschaftlich zu überzeugen:

„Ragazzo mio! Amore mio! Doch, doch, ich liebe dich, liebe dich wirklich!"

Am Morgen ist Sie verschwunden. Wieder zurückgekehrt, flüstert Sie mir zu:

„Ich hab dir einen Brief geschrieben."

Ich bleibe einen Augenblick still.

„Gleich gehe ich hin und wische ihn weg."

„Untersteh dich!"

Ich laufe hin, den Brief zu lesen.

Früher widmeten wir uns manchmal tagelang dieser Beschäftigung: Der eine schreibt etwas in den feuchten Ufersand, der andere eilt hin, um zu lesen und eine Antwort zu schreiben.

Sie ruft mir nach:

„Renn doch nicht so. Brichst dir noch den Hals!"

Ich suche mich tot nach Ihren Schriftzeichen, am Wasser gibt es nur Fußspuren, sonst nichts. Aha, hier stand etwas, ist jedoch von einem Fuß weggewischt worden. Von Ihrem Fuß natürlich.

Als ich zurückkehre und klage, da sei doch nichts, antwortet Sie bereitwillig:

„Klar, sag ich ja: nichts!"

Dieses „Nichts", daß Sie ständig quält, ärgert mich allmählich. Wie soll ich es Ihr bloß klarmachen?

Eines Morgens sieht der Dritte, wie ich mich zum Mähen aufmache, und fragt leise:

„Zum Frühsport?"

Er gesellt sich mir zu. Unterwegs beschließe ich, mich ganz offen auszusprechen: Ich rede von den Blumen und wozu ich sie abmähe.

„Ich bitte um Entschuldigung", der Dritte ist merklich verwirrt, „aber offenbar bin ich noch nicht ganz da. Die haben mir eine ganz schöne Portion Lachgas verabreicht. Ich habe mehrmals beobachtet, wie Sie mit diesem Ding da hantieren, verstehe aber nicht, wozu."

Er blickt sich besorgt um, sieht mir verlegen in die Augen.

„Da sind sie ja!" Ich hole mit der Sense weit aus, noch einmal. „Hier! und hier!"

Und trete das Abgemähte in hohem Bogen weg.

„Ja, natürlich, klar!" Der Dritte stimmt mir eifrig zu, schaut mich dabei aber an, als hätte man nicht ihm, sondern mir das Narkosegas verpaßt.

Aber nicht er ist meine größte Sorge. Viel schlimmer ist, daß Sie jetzt Ihre Feinde, die Blumen, nicht bemerkt. Ich beobachte: Wenn die beiden zusammen hinunter- oder hier hinaufsteigen, erschreckt Sie auch der dichteste Blumenteppich nicht so wie früher. Sie nimmt die Blumen einfach nicht wahr.

Wieder muß ich mich fragen, wie und wann diese verdammten Blumen zum erstenmal bei uns auf der Insel aufgetaucht sind. Sofort nach jener schönen Nacht. Schön für dich – und für Sie? Warum sollte es also nicht zusammenhängen?

Gelegentlich spreche ich mit Ihr darüber, vorsichtig, auf Umwegen, aber Sie schreit, als hätte Sie darauf gewartet:

„Was willst du eigentlich von mir? Jetzt möchte ich schon, daß diese scheußlichen Blumen da sind! Nur wirklich sollen sie sein! Selbst Ratten und Spinnen! Gott, jetzt bin ich auch noch schuld! Nein, ich bin nicht schuld. Weil es nichts gibt. Hast du denn immer noch nicht kapiert, es gibt uns nicht, es gibt uns einfach nicht!"

11

Bald findet sich ihr Gemahl bei ihr ein, diesmal früher als gewöhnlich, aber auch seine Umarmung hemmt ihre Zähren nicht. Vorwurfsvoll wollte er ihr da ihre Empfindlichkeit verweisen: „Wie, meine Psyche", sagt er, „ist das die Art, mit der du den Bitten der sorgsamen Liebe deines Gatten willfährst? Da bleibt mir wenig von deiner Folgsamkeit zu hoffen übrig! So Tag und Nacht und in meinen Armen selbst in Tränen zu zerfließen! Nein, lieber handle nach deinem eigenen Gefallen, tue, was dein Herz dir eingibt; aber sehen wirst du, wie schädlich das ist."

Apuleius. Metamorphosen oder Der goldene Esel

„Still, Liebes, er wird uns hören."

„Soll er. Wenn er wirklich hier ist."

„Wo soll er denn sonst sein? Wir sind doch da, es war doch eben erst . . . Du bist keine Schaumgeborene, du bist eine Wütende Venus!"

„Verzeih." Lachend verbirgt Sie Ihr Gesicht. „Du machst mich ja selber zu so einer, und insgeheim verachtest du mich."

„Jaja, unbedingt."

„Weißt du, was ich jetzt träume? Ringsum Felsen, nichts als Felsen, ich bin ganz allein, aber kein bißchen traurig, weil ich weiß: Das sind keine Felsen, keine Steine. Aus den Felsen treten traubenartig Beinchen, Händchen, Kinderpopos und kleine Köpfchen hervor, und ich gebe mich mit ihnen ab und wundere mich nicht mal, daß diese meine Kindchen aus Stein sind. . ."

Nachts weckt uns die Stimme des Dritten, er wundert sich laut über etwas, ruft auch uns herbei, damit wir es sehen. In der Höhlenöffnung ist ein sonderbares, flutendes Licht, greller als von den stummen Blitzen. Wir kriechen hinaus und sehen uns sofort wie unter einem Wasserfall: Das Licht strömt, fällt wie in Ringen vom Himmel herab. Die flimmernden Ringe eines irgendwie trokkenen, elektrischen Lichtes gehen pausenlos nieder, andere scheinen ihnen von unten entgegenzufliegen. Polarlicht! Mehrmals hatten wir es beobachtet, wenn wir hoch im Norden mit unserem Boot auftauchten – ja, jetzt ist der Norden überall. Aber was geschieht mit unseren düsteren Mauern? Die Frau ist hellauf begeistert. Ein Spielen, ein verrücktes Ineinanderschillern von Farben und Blumen, ein Reichtum, von dem nicht einmal Aladin auch nur zu träumen gewagt hätte! Als träten hier alle Kostbarkeiten der Erde, nein, des Alls, wie Tautropfen hervor. Und der wunderbarste Tropfen ist die Frau, die die weizenblonde Flut Ihrer Haare mit der Hand rafft und sich dahinter unseren Blicken entzieht. Sie sieht die „Edelsteinmauern“ an, wir glotzen Sie an, und unsere einträchtigen Ahs! und Ohs! werden immer lauter. Wir zwei Kumpels. Bloß – alles ringsum ist Schwindel, Spielerei des Lichts an einer Friedhofsmauer. Nur Sie allein ist lebendige Schönheit, die einzige, die letzte. Wie soll man da nicht beten? Sie begreift nicht, warum wir nicht dahingucken, wo Sie hinguckt, und zupft verärgert an uns herum:

„Aber seht doch, da, da!“

So blicken auch wir uns nach der unermeßlichen Dichte des Winterrusses um, auf dem wie auf schwarzem Samt der Zauberladen der Geister glitzert.

„Der Spielführer wollte uns mit seiner Light-Show beeindrucken“, entscheidet der Dritte.

„Gewöhnlich geschieht so was vor einer neuen Fabelwendung.“

„So hört doch auf zu schwätzen, schaut lieber hin!“

Plötzlich sehe ich etwas . . . Alle drei – er, Sie und natürlich ich – rühren wir uns nicht vom Fleck. Dennoch sehe ich (und möchte es herausschreien, Ihr und ihm zeigen!), wie sich zwei Gestalten von uns trennen und sich entfernen: Kopf und Arme der Frau auf der Schulter ihres Begleiters, das Haar umfließt wie eine herabstürzende Welle ihre Körper, sie setzen jeden Schritt vorsichtig wie Schlafwandler.

Beinahe hätte ich wirklich geschrien: „Seht! Seht doch!" (Was mich zurückhält, ist nur die Befürchtung, daß es vielleicht genau so kommt wie mit den gelben Blumen: Die einen sehen sie, die anderen nicht!). Als ich aber zu Ihr und dem Dritten hinsehe, bin ich geradezu erschlagen, und die Worte bleiben mir im Hals stekken. Ich sah nicht nur Ihre Augen („Du?" – „Ja doch, ich bin es, ich!"), ich kann schwören, daß ich zwei Lichtstrahlen sah, die sich schnitten und wie Schmetterlingsflügel zuckten.

Ich drehe mich um: Die beiden sind weg, einfach nicht mehr da.

12

Frauen scheinen nicht einmal Menschenwesen
zu sein, vielmehr ganz besondere, neben
den Menschen lebende Wesen, noch nie von
jemandem genau bestimmt und unbegreiflich,
obgleich die Menschen seit Urzeiten nicht
aufhören, an sie zu denken.

Iwan Bunin

Ich stehe hier oben, und die beiden sind dort am Strand. Das entspricht kaum der Situation: Ich bin es ja, den man hinabgestoßen hat. Sie brauchte nicht mal Worte dazu. Sie ging und führte den Dritten mit sich fort. Schluß, Punkt. Jetzt bin ich der Dritte. So. Was angeknackst ist, kann nicht lange heil bleiben. Aber wann um Gottes willen, wann begann das? Ich glaube fast selbst schon, an jenem Morgen, da sich die verfluchten Blumen einstellten. An den Dritten war damals noch nicht zu denken. Und so ging das alles und galt sogar als Liebe, ja Glück, aber nur weil Sie sich noch nicht kannte, nicht begriff. Sie wollte eben lieben, wollte das mehr als alles, doch wie, und was das bedeutet – womit hätte Sie es auch vergleichen sollen? Was Sie jetzt empfindet, weiß man ebenfalls nicht. Schön wäre es, wenn noch jemand, ein Vierter, ein Fünfter hinzukäme, dann würde vielleicht auch der Dritte das erleben und erleiden, was ich jetzt erleide. Ich bin sicher, daß ich ausgerechnet vor ihm nicht zurücktreten will. Ja, wenn das jemand anders wäre, wenn man mich zumindest nicht so schnöde verraten hätte...

Das neue Paar, die Familie, ist nach unten, zum Meer gezogen, dort haben sie ein kleines Zelt, die Öffnung verschämt von mir weggedreht (Dank wenigstens dafür!). Ohne es zu besprechen, ohne jede „Übereinkunft" haben wir den Wasserfall und seine Gaben, „die letzten Gaben der Natur", aufgeteilt. Ich gehe erst nach ihnen hin, sobald ich sehe, daß die Jungvermählten geduscht haben und zu sich nach Hause hinuntersteigen.

Ja, sollen wir uns etwa gegenseitig umbringen? Das ist kein Ausweg; nach allem, was vorgefallen ist, dürfte das klar sein. Nicht nur die Lithosphärenplatten der Kontinente haben sich nach dem nuklearen Geknalle verschoben und kriechen jetzt wie Krokodile aufeinander, auch in unserem Hirn hat sich etwas verschoben, wir sind schließlich keine Vollidioten! Soweit ist alles klar. Wer könnte mir jedoch jetzt raten, wie ich weiterleben und wie wir auf dieser winzigen Insel zu dritt nebeneinander existieren sollen? Nun ist sie kein Geschenk des Schicksals mehr, sondern eine Falle, man kann die Insel nicht verlassen, nicht wegfahren oder davonschwimmen. Was wäre (manchmal überkommt mich so ein kindischer Gedanke), wenn man einfach losschwimmt? Vielleicht erweist sich, daß die Wände der nuklearen Finsternis keine richtigen Wände sind, daß der Horizont immer wieder in die Ferne rückt, gleich der Ungewißheit vor Magellan oder Kolumbus, und die Welt würde sich einem neu eröffnen, wieder sauber, wieder schön, wie sie schon immer gewesen war, nur daß die Menschen das nicht wußten. Oh, wie anders würden wir darin als Wissende leben! Leichter gesagt als getan, dieses „Anders“, schon auf unserer winzigen Insel, und nicht mit sechs Milliarden, sondern zu dritt! Hat vielleicht der Autor irgendeines Stückchens uns gerade dazu übriggelassen, einen Labortest anzustellen: Gibt es einen Sinn und eine Hoffnung, oder endet das Ganze wie immer?

Jeden Tag, jeden Augenblick sie beide da unten zu sehen, wie sie die Spuren meiner durch Sie glücklichen Tage und Nächte wegwischen, nein, das ist nicht auszuhalten! Manchmal ist mir, als beobachtete ich mit fremden Augen, was ich mit Ihr hatte und was gleichsam weitergeht – zum Verrücktwerden! Zuweilen höre ich Ihre Stimme, Ihr Lachen – **an mich gewandt,** ein paarmal antworte ich auch selbst darauf mit Lachen, mit rasendem Herzklopfen, aber dann lastet die Wahrheit tonnenschwer auf mir.

Jetzt gehen sie also „nach Hause“ (all meine Gedanken an sie sind irgendwie in Anführungsstrichen gedacht und erkennen den direkten Sinn rachsüchtig nicht an), laufen hinunter, die Tüten mit Fischen schwenkend. Wie Kinder halten sie sich an den Händen, wie lärmende Kinder helfen und schubsen sie sich. Sie werfen die Beute zum Lagerfeuer hin, das ständig neben ihrem Zelt glimmt, und laufen mit heißen Gesichtern zum Wasser. Er hat wenigstens seinen rosa Slip an. Sie aber reißt sich alle Klamotten im Laufen herunter und trampelt darauf herum wie auf der letzten Schamanwandlung.

Ich habe nicht einmal mehr Lust, zum Wasserfall zu gehen, liege wie angeschmiedet auf dem Felsen und starre unverwandt zu ihnen herüber. Wird es also immer so sein? Da braucht man nicht einmal einen Adler, der einem die Leber aushackt. Welche Götter soll ich verfluchen? Er kommt als erster aus dem Wasser und geht zum Feuer – um das Frühstück zuzubereiten? Sie hebt das blaue Trikot auf (ich fange Ihren Blick in meine Richtung auf: Sie erinnert sich meiner, ja, das tut Sie!), er kehrt zurück, nimmt Sie bei der Hand, hebt Sie hoch und trägt Sie, während Ihr Haar, Ihre Arme und Beine selig-leblos herabbaumeln. Dann wirbelt er Sie durch die Luft und dreht ein paarmal Rad mit Ihr. Der reinste Kindergarten.

Im nächsten Augenblick sind sie schon im Zelt, haben sogar ihr Frühstück vergessen, sind hineingetaucht und weg. Nur Ihr Trikot schickt vom Dach aus einen blauen Friedensgruß.

Nun, willst du noch länger den Voyeuer spielen, was? Und verachtest dich nicht mal?

Jemand steckt bestimmt dahinter, man kann Gift drauf nehmen. Muß ein enormer Spaßvogel sein, der Große Spielführer. Was für Improvisationen, was für Gags! Nein, Meister, das ist gar nicht spaßig, eher eine Spur trivial! Hat dir das noch niemand gesagt? Also sag ich's dir. Nicht übel. Die Masche, bist alles zugleich – Autor, Regisseur und Zensor. Was du auch machst, lobst du: " . . . und siehe: es war gut." Wenn man das aber mit fremden Augen betrachtet, ist das Ganze banal bis dort hinaus. Das niedliche Zelt, die vor den Augen des Gatten diebisch hineinschlüpfenden Buhlen. Scheußlich, das Wort. Aber da ist Sie jetzt sicherlich anderer Meinung.

Was, wenn ich – kraft meines Rechts als Verlierer – die beiden hier ansiedle und mich unten niederlasse, um sie wenigstens nicht jede Minute sehen zu müssen und mich nicht in meinen eigenen Augen so tief zu erniedrigen? Das wäre ein dicker Strich durch das Konzept des Großen Spielführers: Aus mit dieser Pikanterie. Dabei liegt doch gerade ihm so sehr an Publikumswirksamkeit. Der einzige Zuschauer aber ist er selbst. Hat er es immer noch nicht satt?

Als Psychologe ist er gut. Deshalb kannte er auch unsere Psyche im voraus. Wie geschickt flößte er Ihr die Besorgnis ein: Euch gibt es nicht, und auch sonst gibt es hier nichts, ihr seid nur eine Einbildung, ein Trugbild! Und all das, nur um Sie zum Dritten zu stoßen: Wenn man ins Leere stürzt, klammert man sich an alles, was einem in die Hände fällt. Und wenn der Dritte die Realität selbst ist? Dann ist, was Sie für ihn empfindet (angeblich!), echt und wahr! Aber das, was zwischen uns war?!

Schmerz ist das beste Kriterium dafür, was real, was wahr ist. Da kann es keine Täuschung geben. Ein Schemen kann nicht leiden, wie ich in diesem Augenblick leide.

Immerhin ist mir ein Überrest unserer gemeinsamen Vergangenheit vergönnt: Ab und zu begegnen wir uns am Wasserfall. Genau wie in jener alten Geschichte, in der die einstigen Eheleute ins Bad fuhren, ohne daß der neue Mann es wußte. Allerdings sind unsere Begegnungen, wenn überhaupt, nur für mich schmerzhaft, weil . . . Ach, mach dir nichts vor: bist ja glücklich, daß wenigstens solche Begegnungen möglich sind. Ja, auch das kann Glück sein. Ich bin gespannt, ob wir heute wieder über dasselbe reden. Was wird Sie fragen, was werde ich Ihr antworten? Wozu ich diese Rendezvous brauche, ist klar, aber Sie? Hat Sie das nötig? Die Jungvermählten sind noch im Zelt, ich aber bereite schon mein Gespräch mit Ihr vor, spiele es durch, bloß gut, daß Sie das nicht hört und nicht hören wird. Denn wenn ich Sie sehe, wenn Sie wieder neben mir ist, bin ich ein anderer, und das Gespräch, das zustande kommt, hat mit dem geplanten natürlich nichts mehr zu tun.

Gewöhnlich sieht es so aus, als träfen wir uns zufällig. Auch heute. Ich erspähe, wie Sie allein den Pfad hinaufgeht, und stürze hin, um als erster an Ort und Stelle zu sein. Am Wasserfall angelangt, renne ich hin und her, finde vor lauter Aufregung keinen Platz. Sie kommt zufällig hin und ich bin zufällig da – ich dusche eben, und was da pocht, mein Blut oder das herabstürzende Wasser, kann auch ich nicht genau unterscheiden. Ich sehe zur toten Tür und denke, daß der Wasserfall dahinter zu hören ist – zu hören war – für das Mädchen, das davon träumte, wie es hinausgehen und diesen Regenbogen, der die Welt zu einer festlichen Geschenkpackung zusammenbindet, sehen, diese kühlen, reinen Wasserspritzer einatmen würde. Welch ein Glück könnte das sein, ist es noch vor kurzem gewesen!

Wenn man die Welt durch den Wasserfall sieht, vervielfältigt sich der Regenbogen, es sind viele, ein richtiges Regenbogenkarussell, jeder Tropfen ein Stück Sonne. Durch diese Sonne hindurch sehe ich Sie auf der Plattform erscheinen. Sie blickt sich um, sucht mit den Augen ungeduldig nach jemandem. Ach, Sie hat sich verraten, hat verraten, daß Sie extra herkommt, daß Sie mich braucht, mich sehen muß. Ich trete unter dem Wasser hervor, rufe Sie an.

Das Glück leuchtet Ihr aus den Augen. Bei unserer ersten Begegnung hier war ich nahe daran, das auf mich zu beziehen. Ich kam nicht gleich darauf, was los war. Jetzt bin ich soweit, aber so bitter das auch ist, ich kann mich trotzdem nicht an Ihr satt sehen. Sie trägt noch immer das hellblaue Fähnchen, sein Geschenk. Großer Gott, wie sich Frauen auf einmal verändern können – Augen, Lachen, Bewegungen –, wenn alles an ihnen (ja auch an Ihr!) in die Welt hinausschreit: Ich liebe! Ich liebe! Egoismus kann ebenfalls schön sein. Man muß sich nur ein bißchen Philosophie abringen. Man rede sich lediglich ein, daß man noch einmal Glück gehabt hat: die letzte Liebe auf der Erde, und man ist der letzte Zeuge! Nur Zeuge – nun, bitter ist jetzt alles auf diesem verkohlten Planeten.

Nein, nicht ich bin die Ursache dafür, daß diese Frau mich jetzt so froh anschaut, nicht deshalb ist Sie glücklich, weil Sie mich sieht. Sondern weil Sie jemanden vor sich hat, dem Sie sich mitteilen kann. Das ist stärker als Sie, Sie will, Sie muß erzählen. Eine direkt kindliche Ungeduld: zu erzählen, welch ein Glück das ist, zu lieben, wie Sie liebt. Und überhaupt die Liebe. Die ewige

Überzeugung des Liebenden, daß es **etwas Ähnliches noch nie gegeben** hat. Und ich? Ja, ich bin „älter", ich bin „weise" und „gut" (all dieses Lob wurde mir zuteil), und ich muß „begreifen". Daß ich in meinem Leben so ein Pech habe, ich und all die Milliarden „meiner Weiber" („deiner Schlampen!"), die gewiß nicht die leiseste Ahnung hatten, was lieben heißt – nun, Ihre Schuld ist es nicht.

„Wie geht's deinem ‚Drachenflieger'? Hast du den Kleinen in den Schlaf gewiegt?" frage ich heiter. Schön, nehmen wir alles so, wie Sie es sieht: Ich bin der weise Opa, sie sind glückliche Kinder.

„Ja, er schläft. Ist richtig niedlich."

„Hab gar nicht gewußt, daß du so ein artiges Kind sein kannst."

„Ich bin mehr, bin Sklavin! Ich hab nicht gewußt, was für ein Glück das ist, keinen eigenen Willen zu haben, in all und jedem von einem Blick, vom Tonfall eines Menschen abzuhängen und qualvoll – ich weiß nicht einmal, welches Wort her muß. Jede Mutter ist wohl so eine Sklavin ihres Kindes."

Alles klar und gar nicht neu. Aber wie stellt Sie es an, diesen fidelen GI so zu sehen, wie Sie ihn sieht?

„Nicht böse sein!" Sie muß sich aussprechen, eben dazu rennt Sie ja her. „Dir bin ich trotzdem dankbar, trotz allem!"

Nein, heute blickt Sie mich anders an. Fragend, mit schlecht verhohlener Besorgnis. Offenbar spürt Sie etwas für sie beide Bedrohliches. Kommt Sie nicht zur Aufklärung her? Aber nicht über Ihr Glück zu sprechen, das übersteigt Ihre Kräfte. Auf meine klägliche Andeutung, daß ja auch wir beide "miteinander etwas gehabt" haben:

„Nein, das ist ganz, ganz anders! Ach, wieso verstehst du das denn nicht?" Selbst Ihr Ärger ist der eines Kindes, das man absichtlich nicht verstehen will. Und dann sagt Sie zu mir, einem Stumpfsinnigen, dem es nun einmal nicht gegeben ist, zu verstehen: „Ich bin nicht da! Einfach nicht da! Was es gibt, sind nur wir beide!“

„Das ist stark! Früher peinigte Sie gerade, daß es Sie nicht gebe, daß all das nicht Sie sei. Jetzt soll das „Nicht“ plötzlich Glück sein. Aber gewiß doch, Sie meint es anders. Das ist es eben, ich verstehe Sie und auch, was Ihr zugestoßen ist, was vor sich geht. Eben deshalb will ich es nicht wahrhaben, daß dem so ist, ein für allemal.

„Ich brauche nichts mehr auf der Welt! Nein, ich verstehe: Unsere ungeborenen Kinder und alles, was du mir immer erzählt hast, daß es dir so wichtig ist, und überhaupt – all das verstehe ich. Aber in Wirklichkeit habe ich das schon alles – und das heißt lieben!“

So schließt Sie belehrend und mit geradezu komischem Ernst, kategorisch. Die Liebe ist jedesmal anders, bei allen Menschen verschieden, aber stets kategorisch, das ist ihr untrügliches Merkmal. Am kategorischsten ist die erste Liebe. Also nicht einmal dieser Trost für mich, daß Sie *wieder* liebt? Nicht zum erstenmal, sondern wieder.

„Was soll denn so gut an ihm sein? Bitte, glaub nicht, daß ich eifersüchtig bin. Ich will nur verstehen. Was, ist er so. . .?“

Sie winkt heiter, ja lustig ab und lacht.

„Nein, nein, halt mal. . .“ Etwas habe ich erfaßt und will es nicht wieder verlieren.

„Ist denn das überhaupt wichtig?“ Und Sie fügt hinzu: „Wenn man liebt.“

„Womit hat er dich denn rumgekriegt?“

„Weiß nicht. Mir scheint, ich habe ihn schon immer geliebt. Auch als ich ihn gar nicht kannte. Er kam, und ich habe ihn gleich wiedererkannt.“

„Also, gleich sicherlich nicht.“

„So? Mag sein“, stimmt Sie mir zu, wenn das auch nicht gerade sehr logisch ist.

Schon langweilt Sie sich mit mir. Geht hinter den Wasserfall und zieht Ihr himmelblaues Trikot aus, will duschen. Sie wendet sich ab, und ich gehe zur Seite. Wenn ich verstohlen hinsehe, dann nur aus einem einzigen Grund. Ich will mich vergewissern: Stimmt es, daß Sie irgenwie runder um die Taille geworden ist?

Die ganze Zeit muß ich daran zurückdenken, sie stehen mir einfach vor Augen, beide Strahlen, die ich in jener elektrischen Nacht sah. Zuckend wie ein Schmetterling, der sich auf zwei gekreuzte Drähte zu setzen versucht. Ja, der suchende Strahl entriß sich Ihr, er konnte auf jeden fallen, auch auf mich, und dann, zu Ihr zurückgekehrt, Sie als reflektierendes Aufblitzen – als Liebe – blenden. Das ist ja immer so: Geblendet wird man nicht von den hervorragenden Eigenschaften des anderen, sondern vom eigenen Liebesdurst, der plötzlich aus uns hervorbricht als suchender Strahl. Die Liebe reift im Menschen wie eine Frucht, davon bin ich überzeugt. Vielleicht bin ich der erste und der letzte, der das so endgültig verstanden hat. Bei einigen kommt das einmal im Leben vor, bei anderen mehrmals. Es gibt auch Fruchtlose. Und wer in diesem Augenblick dabei ist, den Strahl aufnimmt und sich mit ihm schneidet, dem fällt die Frucht zu. Der Dritte hat den Augenblick abgepaßt. Genausogut hätte es jemand anders sein können. Bitter. Sie glaubt, daß er „der Einzige" ist, ich dagegen weiß, daß er mir keine jener Vorzüge und Vorrechte voraushat, die Sie ihm andichtet.

Auf einmal hat Sie es eilig, will gehen, das dünne Trikot an Ihrem Körper ist fleckig vor Nässe, und man spürt, wie wohl, wie kühl Ihr ist. Dieses wonnige Gefühl trägt Sie in sich nach unten, zu ihm.

„Er nennt mich Maria!" erinnert Sie sich plötzlich und lacht.

„Warum Maria?"

„Dir war einerlei, wer mit dir ist. Komisch, daß du mich noch nicht Mutter Natur genannt hast. Ein schöner Name für eine Frau, meinst du nicht auch?"

„Weißt du übrigens, was sein Name Smith bedeutet?"

„Was denn?“

„Ethymologisch höchst einfach: Schmied. Aber falls es dich interssieren sollte: Auf arabisch bedeutet er Kain.“

„Mußt du das sagen?“ Ihr feindseliger, herausfordernder Blick trifft mich. „Glaubst du, ich merke nicht, wie du uns von oben beobachtest?“

„Hast du, habt ihr denn nichts Besseres zu tun? Hätte ich nie gedacht.“

„Ich bitte dich! O Gott, wie soll man euch noch bitten? Wie nur zurückhalten?“

13

Die Götter . . . liegen geduckt wie die Hunde, sie hocken erstarrt. Ischtar schreit wie ein gebärendes Weib, klagt, die Herrin der Götter, die Schönstimmige schreit: „Weh über jenen Tag! Wär er Asche geworden! Da im Rate der Götter ich Böses befahl! Warum befahl ich's im Götterrat, warum den Sturm, der die Menschen vertilgt, meine Menschen, die ich gebären ließ, füllen wie Fischbrut das Meer!“

Gilgamesch-Epos

Was für ein Mistvieh, was für ein elendes Mistvieh bin ich doch – und das ist herrlich! In den Augen, die dich erniedrigt und verraten haben, Unsicherheit, Besorgnis, Angst zu sehen – nun, auch das ist, wie sich herausstellt, Glück. Ein finsteres, ein schäbiges, aber Glück. Wie es einen eben trifft, jedem das Seine! Als sei das Boot nach langen Stunden der Flaute wieder flott geworden: Sich bewegen heißt leben, egal, wohin man sich bewegt. Hauptsache, man hängt nicht hilflos durch.

Ich lebe jetzt von Begegnung zu Begegnung, und jedesmal, nach jedem Treffen, wächst Ihre Besorgnis, faßt sie tiefere Wurzeln. Schon ist Sie bereit, zweimal täglich zum Wasserfall zu rennen, nur um sich zu überzeugen, zu vergewissern, daß ich nichts Schlechtes im Sinn, keine bösen Pläne habe. Ich nutze das aus, entreiße Ihr immer neue Begegnungen. Bin jetzt so geschickt darin, Sie mit ihrem Glück zu zweit zu peinigen, zu foltern. Dazu erwecke ich immer wieder Unruhe und Unsicherheit, die Angst vor dem Verlust.

Nein, äußerlich ist alles wie immer.

„Grüß dich!"

„Oh, du auch mal hier?"

„Eine andere Insel ist auf dieser Erde nicht übriggeblieben. Schon gut. Na, wie ist das, immer noch die große Liebe?"

„Doch."

„Und bei Ihm?"

„Bei ihm auch. Warum sagst du das? Ich wollte, daß du begreifst und dich nicht beleidigt fühlst. Das ist stärker als ich. Ich träume jetzt nicht einmal von Kindern. Will meine Liebe und sonst gar nichts. Und dann – ja, dann komme, was wolle. Gut, nehmen wir an, wir beide, du und ich, hätten noch eine Menge von unseresgleichen in die Welt gesetzt. Würde das etwa ein anderes Ende haben? Soll also alles einmal enden, aber mit Liebe. Würdest du nur ahnen, was das ist, hättest du mir keine Vorwürfe gemacht."

„Woher sollte ich?" Himmel, lauter leeres Stroh, lauter Stuß, all diese vor kurzem noch so gewohnten Worte, alles Sprechblasen!

„Tut mir leid, aber das ist was völlig anderes! Ich weiß nicht, wie ich's sagen, wie ich's erklären soll."

„Wie war's denn mit uns beiden?"

„Schön war's ! Wirklich, ich meine das ernst. Und bin so dankbar. Aber jetzt ist's völlig anders!"

„Erklär das doch ein bißchen für solche Uneingeweihten wie mich."

„Kann ich eben nicht. Also: Ich will ein Kind, mehr als alles auf der Welt will ich ein Kind! Ohne Hoffnung auf ein Kind kann ich nicht leben. Aber ich bin bereit, auch nicht zu leben, wenn ich auf das, was jetzt in mir ist, verzichten müßte. Um nichts in der Welt. . ." Ein flehender Blick von der Seite: „Ich möchte dich um etwas bitten. Darf ich?"

„Worum denn?"

„Du verfolgst jeden unserer Schritte, ich sehe das. Ich kann das nicht einmal nachts vergessen."

„Keine Einzelheiten bitte!"

„Siehst du, gleich bekommst du diese Augen! Ich bitte dich, unternimm nichts. Ihn will ich ja zurückhalten."

„Was soll ich denn unternehmen wollen!" wundere ich mich belustigt. Meine Stimme klingt widerlich falsch.

„Ich weiß nicht, hab nur so'n Gefühl, daß jeden Augenblick etwas passieren könnte."

Plötzlich schaut Sie mich geradezu untertänig an, ein Jammer! Fragt, obwohl es besser wäre, Sie hätte nicht gefragt:

„Hast Du mich denn gar nicht mehr lieb?"

„Nicht ich habe das Zelt gewechselt."

„Weißt du, es ist furchtbar, wenn alles, aber auch alles von etwas Einzigem abhängt. Von einem einzigen Menschen. Hast du ihn verloren, hat man ihn dir weggenommen – schon bricht die Welt zusammen. Ihr habt deshalb so leicht alles geopfert, weil ihr nicht geliebt habt. Nein, nichts habt ihr geliebt."

„Nun, ich wünsche dir, du behältst ihn."

„Häßlich, wie du das sagst."

„Nicht wahr, schöner wär's, wenn ich hier, vor deinen Augen kopfüber vom Felsen runterspringe?"

„Du wirst dich noch überzeugen, daß ich nicht so bin, wie du denkst, auch er nicht. Unsere Beziehung ist ganz anders, du irrst dich!"

Letzteres verkündet Sie mit einem umwerfenden Ernst.

„Das solltest du nie sagen, erst recht keinem ehemaligen Liebhaber!"

„Natürlich, du hast nur das eine im Kopf."

„Und er – hat er etwa nicht...? Wie steht es denn so um ihn? Was, wirklich?!"

Ich sehe Sie mir genauer an und begreife plötzlich alles. Nein, dieser Drachenflieger! Nun, uns Männern kann so was passieren: Allerlei strahlende Spielsachen, dazu noch der nahe Weltraum. Und überhaupt gibt es nicht wenige Beispiele, gerade unter solchen Breitschultrigen, betont Männlichen. Laut habe ich nichts davon gesagt, dafür aber, triumphierendes Mistvieh, einen solchen – wenn auch unhörbaren – Schrei von mir gegeben, daß Sie ihn zu hören scheint, sich duckt und sogar errötet. Jetzt kehrt meine Sicherheit zu mir zurück, ich spreche nicht mehr, ich donnere:

„Seid ihr wahnsinnig? Nun gut, er bringt's nicht, aber wie kannst du...?"

„Ja, nicht wahr, du dachtest, ein Weibchen ist zu einem anderen Männchen übergelaufen. So was ist für euch am schlimmsten. Also reg dich ab!"

„Ganz im Gegenteil, jetzt krieg ich mich erst recht nicht mehr ein."

Sie hört mich nicht, hängt Ihren Gedanken nach:

„Er ist ein Kind, obwohl bei seinem Aussehen ... Er geniert sich, als wäre mir das wichtig. Am liebsten würde ich ihn in mich aufnehmen und wie ein Känguruhjunges mit mir herumtragen."

„Ich dachte, er hätte nur mich verdrängt. Aber dieser Schurke (ja, das ist er!) macht selbst vor Kindern nicht halt. Ein Känguruhjunges?! Der macht sich das Leben nicht sauer! Ihr beide seid, wenn du's wissen willst, Feinde der Menschheit! Und entsprechend muß man mit euch verfahren! Du aber bist einfach eine Medea! Ja, das bist du!"

„Schon gut, meinetwegen auch Medea. Aber wer sollte mich richten? Ich würde dir alles erklären, wenn du fähig wärst, wenigstens ein einziges Mal zuzuhören. Ich wußte das selbst nicht, ich ahnte nicht, wie wichtig das ist, selbständig zu wählen, überhaupt: zu *wählen*.

Das war mir nicht beschieden. Und da . . . Ist wohl dasselbe wie gebären: Alles ist deins, alles kommt von dir, ohne all das existierst du nicht! Man versteht nicht, wie man früher leben konnte. . ."

„Nein, ich denke, ich werd nicht mehr! Ich glaubte, da ist nichts zu machen, die Natur beliebte, noch eine Chance, noch eine Variante zu testen. Die Natur hält es nicht mit Gefühlsduselei, jetzt schon gar nicht. Und da ist das Gegenteil der Fall. Nicht vor mir bist du abgehauen. Vor der Mutter Natur. Du scherst dich weder um Kinder noch um die Mutter, dich dauert nur dein impotenter Kain. Und das soll Liebe sein?"

Das schrie ich, glücklos und triumphierend-böse wie noch nie, Ihr schon hinterher, Sie war hinter den Felsbrocken nicht mehr zu sehen. Der Ihr jetzt nachsah, wie Sie nach unten, zum Zelt, **zu ihm** fast hinflog, war ein ganz anderer, nicht zu vergleichen mit mir, wie ich vor einer Stunde, ja einer halben Stunde war. Jetzt waren nicht nur Kränkung und mein persönliches, sondern auch das **historische** Recht auf meiner Seite – jawohl, wie wuchtig das auch klingen mag. Oh, das ist eine besondere Selbsterfahrung, sie beseitigt viele Verbote, hebt sie auf, weil sie gewaltige Pflichten auferlegt. Eine Selbsterfahrung, die mehr erlaubt als verbietet. Dafür nimmt sie einem das Recht auf ein gedanken- und verantwortungsloses Leben. Die Zukunft lastet auf meinen Schultern. Folglich bin ich auch für Sie und Ihr Handeln verantwortlich. Und es wäre nicht Ihre, sondern meine Schuld, sollte ich zulassen, daß der allerletzte Tropfen Leben sich selbst vertilgt.

Jetzt war ich fest überzeugt: Ich bin zu allem entschlossen, darf alles, ich hole Sie mir zurück und gebe der Erde die Mutterschaft wieder. (Welch tönende Worte all das, aber sie bieten sich direkt an!) Sollte Blut vergossen werden – nun, gestern war das Rechnen in solchen Dingen das Verderben schlechthin, hier und heute dagegen – versucht mal, es zu bestreiten: fünf Liter fruchtlosen oder Ozeane lebendigen Blutes? Unser Sein oder Nichtsein auf der Erde – um den Preis dieser fünf Liter? Und da soll ich diesem Kastrierten des Weltraums den Schlüssel zum Leben abtreten, wo ich doch im voraus weiß: Damit wäre alles für immer zu Ende?

Jaja, recht so, macht euch nur eure sentimentalen Gedanken über die fünf Liter, pfeift auf die Ozeane! Wenn ich nicht alles tue, was denkbar und undenkbar, zulässig und unzulässig ist, bin ich Mittäter an einem Mord, den es noch nie gegeben hat.

Ich sitze auf den nächtlichen Felsen, irgendwo tief unten liegt das glückliche Zelt der beiden – die **Zuflucht der furchtbarsten Verschwörer gegen das Leben**. Das Zelt ist kaum auszumachen, es verbirgt sich, schmiegt sich an die Erde, ans Meer. Offenbar sehe ich jetzt wie ein uralter Greis aus, der nach Beute Ausschau hält. Sei es drum, soll ich in Ihren Augen ruhig so sein: ein ekelerregender Raubvogel. Es kommt darauf an, wie mich die Zukunft sieht. Vielleicht als Prometheus, der das Feuer bewahrt hat, fast einen Gott.

Unsere Insel ist in den letzten Wochen geradezu gelb geworden, voll mit diesen Blumen. Es ist, als bedrängten mich und nur mich auch all jene, die Sie früher sah und jetzt nicht wahrnimmt (Sie läuft absolut furchtlos über die gelben Pfade), als fielen sie nur mir auf. Ich spüre fast körperlich, wie sie in der Dunkelheit stumm aus allen Felsspalten hervorkriechen.

Alles, alles habe ich verfolgt: das Bad der „heiligen Familie" vor dem Sonnenuntergang, wie sie am Lagerfeuer sitzt, ihr Abendessen und die Vorbereitungen auf die Nacht. Sie geht hinter das Zelt (versteckt Sie sich vor mir?), streift sich das Trikot vom Leibe und wirft es auf das Zeltdach (hißt die UNO-Flagge!). Aber nein, die denken nicht daran, sich zu verstecken, sind ganz frech geworden. Er schleppt noch mehr Algen heran, holt auch die aus dem Zelt und legt sie direkt vor meinen Augen flach auf die Erde, verteilt sie gleichmäßig mit Händen und Knien. Hat auch die „Flagge“, Ihre Bekleidung, heruntergeholt, breitet sie auf dem Lager aus.

Aber ich bin soweit, in all dem eine Herausforderung zu sehen. „Szenen“, die für einen gespielt werden. (Für wen eigentlich? Hier gibt es keine Zuschauer außer mir und dem Großen Spielführer). Ich habe mich inzwischen wieder mit Ihr getroffen, anscheinend kam Sie diesmal extra, um „zufällig auszuplaudern“, wie es um den Dritten wirklich steht, ich verstehe ja alles absichtlich falsch, und ihn will ich sowieso nur erniedrigen, um meine eigenen Rechte, wenn nicht auf Sie, so doch auf die „Zukunft“ geltend zu machen . . . Nicht Sie begann das Gespräch darüber (Dank auch dafür), aber Sie forderte mich dazu auf, ja Sie provozierte es und verhehlte dann auch nicht Ihre Schadenfreude wegen meiner dämlichen Witzelei über dunkle Augenränder („Von weitem dachte ich schon, du hast dir eine Sonnenbrille zugelegt“). Sie lachte auf, bejahend-zynisch und tat mir auch wieder leid.

Sie kam hergelaufen, um mir meine Entschlossenheit zu nehmen oder meinen Plänen zuvorzukommen, denn ich wollte angeblich „die letzte Gerechtigkeit unter den letzten Menschen wiederherstellen“ – Ihre ausfragend-ironischen Worte, wenn Sie sie nicht von ihm hatte. Die beiden wollten mir nur einreden, daß all das die elementare Eifersucht eines Mannes auf den glücklicheren (und selbstverständlich würdigeren) Rivalen ist, um so meinen größten Trumpf auszustechen. Um mir die Sicherheit zu nehmen, daß ich nicht nur meinetwegen im Recht bin.

Interessant jedenfalls, daß ich mich nicht gleich an die Astronautenkarte erinnert hatte (darin war ja alles gesagt, und warum sollte man denken, daß es nicht im Ernst, bloß aus Spaß an der Freude geschrieben war?). Das hatte ich wohl verdrängt, weil ich mich schämte, die Feinduniform durchsucht zu haben – Gedächtnistücke. Aber das ist nicht das Wichtigste, auch nicht, was ich ihnen gesagt oder nicht gesagt habe, sondern was ich selbst ganz sicher weiß.

In den letzten Nächten ist der Mond über uns aufgetaucht. Ich sah, wie die Frau einen Freudentanz aufführte, als die feierliche Scheibe zum erstenmal aus der Tiefe des Firmaments plötzlich hervortrat und sich ihr zärtliches und gleichmäßiges Licht über uns ergoß. Ich fühlte mich dreifach betrogen – Ihre Freude galt nicht mir.

Wie ist das? Man könnte beinahe denken, daß meine Liebe zu Ihr diese absurden Blumen hervorbrachte, sich in ihnen materialisierte, die Liebe der beiden aber in diesem flimmernden, unsteten, in diesem erregenden Mondschein?

Nicht doch, unmöglich! Es ist wohlbekannt, wie sich das Böse auszuschmücken versteht. Man darf nicht darauf hereinfallen.

Wie dem auch sei, der Mond hängt nun jede Nacht über unserer Insel, versilbert den Wasserspiegel, die kleinen Plateaus und Felsenhänge, und läßt sie aufleuchten. Sein Abglanz liegt auf meinen Mißgeburten von Blumen.

Das **Mondgefühl** ist immer unruhevoll-freudig: Es gibt noch jemanden, der gleichzeitig mit dir den Mond sieht, zu ihm emporblickt und nachdenkt – nicht konkret über dich, aber vielleicht auch ein wenig über dich. Sobald der Mond aufgeht, dämpft er die Stimmen der Nacht (wieviele davon gab es auf der noch nicht leeren Erde!): **Ich bin hier, wo bist du? Nein, antworte du zuerst!**

Wer weiß, wer weiß, vielleicht hatte mein Odessaer mit seinen Kammern doch unrecht. Dann liegt die Annahme nahe, daß in jeder Kammer eine eigene Verbindung zu einem Betreuer im Weltall besteht, dessen Kinder und Bewohner wir sind (und das stimmt genau – man bedenke, welche Energiemengen wir dem All entnommen und zurückgeschleudert haben!). Also hat der eine seinen kosmischen Kanal in der Sonne und jemand anders im Mond.

Der „Ideologe“ hatte sich möglicherweise verspätet und sich keine kosmischen Betreuer gesichert. Fest steht auf jeden Fall, daß er kein Telepath ist. Dafür haben die drei Relikte, besonders AMD, direkte Verbindung zu Sonne und Mond. Woher denn sonst jene Überkraft, die die Angst vor dem Untergang erzeugt? Oder zum Beispiel die Liebe. Nicht von ungefähr schien es den Dichtern, der Mond, besonders der Neumond, werde aus den Seufzern und Herzensergüssen von Verliebten gespeist. Kinder wurden ja nachts gezeugt, wie soll man da nicht an den Mond denken? Ich würde gern einen Blick in alte Bücher werfen: Welche Sterne waren günstig für Schwangere? Ja, die längst vergangenen Hethiter nannten den Mond Arma, „die Schwangere“. (Es gab irgendwelche Hethiter, selbst ich weiß das halbwegs. Nur – wer soll unser ganzes Wissen erben?).

Aber wenn dem „Ideologen“ nicht gegeben ist, was die Relikte von Haus aus besitzen, wird er sich denn damit abfinden? Nein, das ist nicht seine Art. Was sind all unsere Raumapparate, Technik und Supertechnik denn anderes als der eifersüchtige Wunsch des neunmalklugen „Ideologen“, sich den Relikten ebenbürtig zu fühlen und dem Weltraum seine unmittelbare Präsenz aufzudrängen? Zu erlangen, was den anderen in die Wiege gelegt wird und in Meteoriten wie in einer Geburtsurkunde geschrieben steht? Kein Zufall, daß die böse irdische Phantasie die Schatten der Blutsbrüder, von denen der eine das Blut des anderen vergoß, auf dem Mond angesiedelt hat.

Was sieht dieser himmlische Kuppler, was zeigt er mir, was flüstert er mir ein? Mußt du ausgerechnet heute scheinen, verdammt noch mal!

Der Mondschein löst die Körper auf, läßt sie zu einem schamlos weißen Fleck zusammenfließen. Meine Augen tränen, so stark ist mein Wunsch, alles zu sehen und zu unterscheiden, so brennend die Scham, die mich deswegen überkommt. Ich bemerke nicht, daß ich schon aufgestanden bin, mich auf die Beine erhoben habe, sprungbereit. Plötzlich begreife ich, spüre ich mit meinem ganzen grell beleuchteten Körper (mir wird siedend heiß), daß sie mich sehen, daß sie mich beobachten! Daß sie flüstern und kichern. Mein Körper federt, als hätte mir jemand von hinten einen weißglühenden Eisenstreifen an den Rücken gelegt. Er stößt sich ab, und schon fliege ich, stürze ich in den Abgrund. Ich schaffe es nicht, daran zu denken – alles geschah im Nu –, mich stark genug abzustoßen, um die aus dem Felsen ragenden Granitzacken wohlbehalten zu umfliegen. Gleich werden sie mich wie Haifischzähne zersäbeln! Vor rasendem Schmerz im Schenkel, in der Seite wird mir schwarz vor Augen, aber das kommt vom Aufschlag auf dem Wasser, und jetzt tauche ich schon mit Erleichterung unter, die nahen Klippen sind mir egal. Sobald ich wieder sehen kann, blendet mich rotes Licht. Was, Blut, doch Blut? Meins natürlich, von wem denn sonst! Schürfwunden am ganzen Körper, aber vorläufig kein Schmerz, diesen Schmerz spürt man nicht mehr. Unwillkürlich fasse ich mich an den Bauch: aufgeschlitzt?

Ich reiße mich kräftig zusammen, will an die Oberfläche. Mein Kopf durchbohrt das lohende Wasser, und ich sehe, daß auch die ganze Ozeanoberfläche feurig blutrot ist. Etwas ist mit dem Mond geschehen, als ich mich blindlings ins Wasser stürzte und tauchte. Das ist nicht mehr der zarte, silbrige Mondschein, so kann man sich nur den Mars denken. Und wie deutlich heben sich die kleinen schattenhaften Figuren ab, als wären sie auf einen Kampfschild graviert.

Aber wie es mich umschmiß, von diesem Felsen geradezu runterriß! Welche Kraft hat mich bloß dermaßen katapultiert? Selbstmörder, elender! Und dann noch jemandem mit Ansprüchen kommen. Welches Recht hattest du dazu? Dein Leben, dein Körper gehören dir nicht. Gehören nicht dir allein. Wenn es dich schon so gepackt hat, hättest du lieber nach Steinbrocken gegriffen und sie wie ein Zyklop vom Felsen auf den glücklichen Rivalen geworfen.

Ich lag auf dem Rücken, der Ozean wiegte mich sanft, und ich erholte mich von der Angst, der verzehrenden Sehnsucht und der Wut von vorhin. Im nächtlichen Himmelsee wiegte sich der Mond, entzündet, gigantisch, einer unheilverkündenden Boje gleich. Milliarden lebendiger Augen hatten einst zu ihm emporgeblickt, Menschen haben auf seinem Meteoritenstaub sogar ihre Fußspuren hinterlassen. Sie sind auch jetzt noch da und werden da bleiben, wenn auf der Erde überhaupt keine sichtbaren Spuren des Menschen übriggeblieben sind: Auf dem Mond gibt es keinen Wind. Wozu denn noch Wind? Nichts und niemand wird die Spuren des Menschen so sauber wegfegen wie wir selbst.

Warte mal, von diesem Felsen aus, dahinter haben wir doch damals unsere Pistolen geschmissen. Sie sind auch jetzt noch irgendwo auf dem Grund, da, wo ich niederging. Der Mond leuchtet tief ins Wasser hinein, man könnte suchen. Gerade das will ich ja, obwohl ich, Gott sei mir Zeuge, an die Pistolen gar nicht dachte. Nun, vielleicht denke ich gerade jetzt daran, weil ich das seit langem will. Ja, warum denn nicht? Das ist schön. Und um eines „Schön“ willen kann eine Frau viel vergeben. Selbst einem Ungeliebten. Erst recht einem Geliebten. Er hat also zwei Chancen gegen meine einzige.

Duell also? Dazu muß man immerhin erst mal die Pistolen finden.

Ich lag auf dem glühendroten Ozeanspiegel, blickte ins menschliche Mondantlitz, und das Leben kehrte endgültig zu mir zurück. Mit ihm auch alle Gedanken, Kränkungen und Schwankungen der letzten Wochen und Tage. Ein prima Einfall – Pistolen, Duell! Statt dumpfer, unartikulierter Schreie in den Höhlen meiner Seele tritt jetzt etwas sehr Elegantes und Auserwähltes auf den Plan. Beinahe eine Opernszene.

Jetzt erst mal zu Kräften kommen, dann will ich mich ans Werk machen. Inzwischen kann ich mich den moralisch-juristischen Aspekten des letzten Duells auf der Erde widmen.

Wenn das stimmt, was ich von ihm erfahren habe, dann vertritt er in dieser Situation nur sich selbst, ein Einzelwesen. Ich dagegen vertrete die Gattung Mensch. Zumindest seine potentielle Zukunft. Ich werde also auf ein Einzelwesen, einen einzelnen Menschen, zielen. Gewiß, auch das ist eine Niedertracht. Aber eben nur auf einen Menschen. Er dagegen zielt nach dem Menschengeschlecht. Wenn das kein Allkain ist! Andererseits wiederum setze ich, wenn ich mich ihm stelle, das Menschengeschlecht aufs Spiel.

Da soll sich einer auskennen, was gerecht ist.

Nun denn – Blut war schon immer der höchste Einsatz, auch in „kavaliersmäßigen" Angelegenheiten. Nicht ihn, sondern mich würden alle kommenden Generationen verurteilen, wenn jemand von ihnen so ein undenkbares Referendum abhielte. Unsere Schiedsrichter sind nicht diese Kommenden, unser Schiedsrichter ist Sie. Ihre Vergebung oder Ihre nichts vergebende Verachtung. Ein faires Duell schließt wenigstens die Verachtung aus und läßt ein Fünkchen Hoffnung.

Nein, du hast es dir mit den Antworten zu leicht gemacht, hast dir keine Fragen gestellt, sondern dir zugespielt – ein Damespiel mit sich selbst!

Antworte mal darauf: Ist ein Teil immer weniger als ein Ganzes? Und darf das Geringere immer aufgeopfert werden? Die da, in ihrem fliegenden Sarg, stritten: Ist es möglich, um der Menschheit willen sich und alles aufzuopfern? Ist es vertretbar, nicht auf den bewußten Knopf zu drücken, wenn die anderen schon draufgedrückt haben? Und sich nicht an allem Leben auf der Erde nur deshalb zu rächen, weil gewisse Leute nicht wußten, wie sie sich einigen sollten? An wem willst du dich rächen – an den davongekommenen Kriech- und Kerbtieren und den letzten Menschen? Nach dem Motto: Ach so, du hast den Planeten auf die linke Wange geschlagen, dann will ich ihm gehörig eine rechts runterhauen!

Es fragt sich nur noch: Was bist du, wozu hast du, gleich einer geladenen Pistole, im Ozean gelegen? **Wozu bist du hier**? Womit in aller Welt gibst du dich jetzt ab, wozu das Hin und Her und Drumherumreden? Die Waffe – das ist sie, gleich bei der Hand! An die Barriere, mein Herr! Es war eine Pastorale, jetzt ist's ein Duell. Und alles zum allerletzen Male:

Viele Jahre hindurch war die Menscheit eine Geisel des „Ideologen". Als gäbe es Ideen, die von gleichem, ja von höherem Wert wären als das Menschengeschlecht selbst. Klar, daß es sie nicht gibt, nicht geben kann. Nicht einmal solche, die das Leben eines einzigen Volkes aufwiegen. Erst recht nicht das der Menschheit. Und wenn eine Idee für sich beansprucht hätte, „es wert" zu sein, dann hätte sie nur bewiesen, was sie ist.

Nun zu dir: Weshalb, für wen bist du bereit, dem Zufall, einer Kugel alles zu überlassen, was auf der Erde übriggeblieben ist und was auf unserem Planeten einst noch sein könnte?

Es ist zum Lachen: um der Frau willen. Noch genauer: damit sie dich achten kann, dich nicht haßt, nicht verachtet. Alles lediglich Gefühle, nicht einmal das, nur Nuancen davon – und dann dieser Preis! Sind wir demnach so beschaffen? Welcher Literaturheld hatte sich mit der Frage abgeplagt: Auf einem anderen Planeten, in unvorstellbarer Entfernung von der Erde – wird dich die Scham quälen, wenn du auf der Erde eine unausdenkbare Gemeinheit begangen, zurückgelassen hast? Doch, sie wird dich quälen. Obwohl du die Erdbewohner ebensowenig zu Gesicht bekommen wirst wie sie dich. Und wenn überhaupt nur eine Null bliebe, das heißt niemand? Ist Scham vor einer Null möglich?

Jawohl, so unbegreiflich das auch ist. Das Gericht der Entschwundenen ist trotzdem eins. Die „Meinung“ selbst Nichtexistierender gilt!

Ja, aber mir geht es nicht um die Meinung auf unvorstellbar fernen Planeten, sondern um die Ihrige. Man begreift ja alles, bloß – warum handelt man nicht, wie man’s begreift? Oder haben die Kommandeure der einzelnen Kammern dich (und übrigens sich gegenseitig) mit ihren widersprüchlichen Befehlen soweit gekriegt, daß du nur noch dumm aus der Wäsche gucken kannst? Wessen, welchen Befehl – Befehle? – führst du aus?

Was haben die übrigens mit unserem großen Alarmbläser angestellt? Mein AMD ist ja völlig verstummt. Doch nicht das Werk des „Ideologen“ – hinter dem Rükken der gefügigen Relikte? Aber der braucht sich nicht anzustrengen, eher würde er befehlen, auf die ganze Duellromantik zu pfeifen, würde die historische Richtigkeit hervorkehren – und gefälligst ohne dieses ritterlichkopflastige Getue!

Schön, stellen wir uns lieber die Hand des Großen Spielführers vor: Er drängt zum Finale, ohnehin zieht sich das niedliche Stück, seine **letzte Pastorale**, ungebührlich in die Länge.

Nein, wer ihr auch immer seid und wie viele von euch auch immer eingreifen müssen – ein Duell ist wenigstens schön! An die Barriere, Sir! Das hat Schmiß! Wenn, dann soll die Schönheit entscheiden, wer von uns beiden gerettet und wer ins Verderben gestürzt wird. Weil eine Frau dahintersteckt.

Mal sehen, wie du bei vorgehaltener Pistole lächelst. Das ist was anderes, als aus Tausenden Kilometern Entfernung mit einem Laser in fremden Schiffen und Raketensilos rumzustochern. Fünfzehn bis zwanzig Schritt. So steht es doch in den Romanen? Und die Hauptsache: Auszuweichen oder sich zu drücken verbietet der Ehrenkodex Unser ganzes Berufsethos bestand hingegen darin, wer früher und überraschender losfeuert, geschickter ausweicht, den anderen überlistet.

Unausgesetzt tauchte ich in den vom Mond rotgefärbten Ozean und tastete den Grund im lichterloh leuchtenden Wasser ab: an und zwischen Steinen, in Spalten. Ich suchte vielleicht nach meinem Verderben, aber so, als ginge es um die Rettung.

Und Sie – wird Sie glauben, daß das Duell ehrlich war? Ob Sie sich nachher Vorwürfe macht, wenn man mich abknallt und wie einen kleinen Spielstein wegschnippt? Oder wird er sein blendendes Jünglingslächeln aufsetzen, wie er es so hervorragend kann, und ... Nein, nicht denken, nicht zu Ende denken. Nur ja nicht zu Ende denken!

Am Morgen mach ich ein Nickerchen auf den kühlen Felssteinen, sehe nicht ein einziges Mal zu denen da unten: Die Täubchen müssen noch in ihrem warmen Nest schlafen. Ja-a, jedem das Seine. Wenn die Geschichte auf deiner Seite ist und du weißt, daß du für sie arbeitest, ist alles in bester Ordnung, selbst das Nervenkostüm.

Kaum habe ich die Augen aufgemacht, sind die Verliebten schon im Meer, tummeln sich im Wasser. Gut, machen wir es ihnen nach. Ich winke ihnen sogar netterweise zu. Ich tauche und tauche, und als ich auf einen Felsen geklettert bin, sehe ich, daß sie auf unserem Strand Briefe schreiben. Etwas kritzelt er mit dem Finger, dann läuft er zur Seite und Sie heran, überrennt ihn, daß er in den Sand plumpst, und verwischt mit dem Fuß seine Schriftzeichen, er hindert Sie daran. Sie verrenkt sich halb, um alles wieder wegzuwischen ... Alles, alles haben die beiden mir gestohlen, alles, was mir, was uns gehört hat!

Ich gebe mir Mühe, nicht mehr hinzusehen, und als ich es nicht mehr aushalte und doch hinschaue, sind sie nicht mehr da, wohl zum Wasserfall gegangen.

Das Werk selbst, die Arbeit, reißt mich hin, ich mache mir einen Sport daraus, möglichst tief zu tauchen und es dicht am Grund möglichst lange auszuhalten. Seltsam, kein noch so kleiner Fisch, keine einzige Krabbe, das Meer ist leer, man wird direkt traurig. Ganz einfach: Ich habe nicht an sie gedacht, aber jetzt, wo ich an sie denke, stellen sie sich ein. Dicht vor mir hängt wie auf einem Bildschirm ein großer Fisch, und wir sehen uns tief in die Augen. Also müßten sich auch die Pistolen längst einstellen, da ich doch fortwährend an sie denke. Wie oft schien mir, daß ich sie schon sehe, gierig langte ich hin – und hielt einen Stein, ein Knäuel Moos oder Algen in der Hand. Ich tauche immer tiefer. Ohren und Augen schmerzen.

Gefunden habe ich sie an einer seichten Stelle, wo ich sie nie vermutet hätte: Ich stellte mich auf den Meeresboden, um einmal durchzuatmen, und trat mit einem Fuß auf die Pistole. Mich durchzuckte es wie ein Stromschlag. Wir hatten die Pistolen, wie sich herausstellte, nicht so weit weggeworfen, eigentlich gar nicht weit. Die Zweite, die „Pfeife“ muß auch hier in der Nähe sein, aber erst einmal freue ich mich über meinen Fund. Nein, was für ein handliches und zuverlässiges Ding! Wenn man so hinzielt . . . Übrigens ulkig: Krempel, wahrscheinlich noch aus den 20er Jahren, und dabei von einer Zerstörungskraft, die allen Atombomben vom Ende des Jahrhunderts gleichkommt: Ein Schuß, und die Menschheit ist weggeblasen!

Ja, wenn er mich niederstreckt. Sollte jedoch alles umgekehrt verlaufen, ist die Straße in die Zukunft geräumt!

Ich tauchte immer wieder, die zweite Pistole blieb unauffindbar. Oder ist die zweite nach dem Stück des Großen Spielführers gar nicht nötig? So stellen wir unsere Eigenschaften noch mehr auf die Probe. Wir nehmen die Pistole nacheinander in die Hand: Hat man nicht getroffen, gilt es, der Versuchung, der großen Versuchung, noch einmal abzudrücken, zu widerstehen. Man weiß ja nicht im voraus, was der Gegner macht, ob er die Waffe nachher abgibt. Die Zeiten sind nicht danach, es sicher zu wissen. Und wie steht es um den Großen Spielführer? Weiß der alles im voraus? Dann wäre es ihm nicht spannend genug. Und was wäre er für ein Schöpfer? Wenn er etwas **schöpft**, dann entdeckt er also etwas ihm selbst Unbekanntes. Elementare Bedingung.

Hieß es von ihm: „Tückisch, aber nicht böswillig"? Fest steht auf jeden Fall, daß er sich auf Ironie versteht. In der Geschichte gab es so viele höchst ironische Sujets, als hätte sich der Große Spielführer eigens das Ziel gesetzt, diese neunmalklugen Erdbewohner möglichst grob zu foppen. Er bestrafte uns für unseren Dünkel. Oder war das eifersüchtige Rache? Aber weswegen und auf wen sollte er eifersüchtig sein? Wegen der Vernunft, die uns nicht zustand?

Diesmal ein weiteres Sujet. Alles ist einfach und klar, absolut unverfänglich: Ein Jüngling liebt ein Mädchen, uns Sie liebt ihn! Harmlos – bloß spielt sich der Fall, das „Sujet", zum letztenmal ab, und Ihr Auserwählter (demokratisch, wie er ist, gewährte uns der Große Spielführer immer eine Wahl!), der, den Sie von den bei den Letzten, Möglichen vorgezogen hat, ist impotent.

Vom Tauchen und noch mehr von meinen Gedanken erschöpft, lag ich auf den warmen Steinen. Die rechte Hand berührte das Metall, das noch die Kälte des Meeresgrundes atmete, und mein Hirn schien ebenfalls schweres Metall, nur geschmolzen.

Wie hat sich doch alles gewendet, wer hätte das gedacht? Die Natur setzte Sie höhnisch unter Druck, doch es war auch wieder normal: Kinder! Ich will Kinder! Da setzte aber jemand auch die Natur unter Druck und hat sie durch einen sozusagen voluntaristischen Beschluß zum Rückzug gezwungen.

Alles liegt in der Hand des Großen Spielführers: Bühne, Akteure, Regie. Immerhin, welch böse Ironie kurz vor Schluß: eine Medea, die sich eine Himmelsbraut wähnt!

Nun denn, wenn mir auch eine Wahl gewährt wird, weiß ich, was ich zu tun habe, was ich tun werde. Doch wie anders sind die Frauen, in der Tat völlig anders als wir. Die Natur hat doch alles vorausbestimmt, und das auf Jahrhunderte hinaus: Sippe und Fortpflanzung stehen für die Frau stets an erster Stelle. Die Liebe selbst ist vielleicht nur ein Regenbogen, an dem seit jeher die Kinderwiege schaukelt. Und da haben wir es: eine Medea! eine richtige Allmedea!

Wie, wenn der Große Spielführer trotzdem eher naiv als tückisch ist? Ein großer Künstler und Tücke – läßt sich das vereinbaren? Ein großer Physiker, wie Einstein ihn sich vorstellte, schon, aber ein Künstler? Wie, wenn das alles sein Ernst ist? Wenn alles, was bisher gewesen war, wenn die ganze Geschichte nur Dünger, nur Stallmist war, um darauf eine Blume namens Liebe zu züchten, und sonst gar nichts? Damit sich der sentimentale Große Spielführer daran hochzieht, den Duft einatmet und das Licht ausknipst – um sich dann anderen Welten und einer anderen Zeit zuzuwenden? Wozu braucht er mich in dieser eindeutigen Situation? Welche Rolle ist mir zugedacht! **Gefährlich und bewaffnet** – etwa die? Erst vor kurzem war das ganze Menschengeschlecht **gefährlich und bewaffnet**! Gefährlich für alles, was atmet, sich bewegt, sich vermehrt. Folglich wird die Waffe auch losgehen, da sie schon wieder auf der Bühne erscheint. Wie und gegen wen, wird nur einer von uns beiden erfahren.

Ich fühle mich beobachtet. Man fühlt einen menschlichen Blick immer. Zumal auf einer so öden Insel. Und noch dazu einen so durchdringenden Blick. Ja, da steht er, Ihr Auserwählter, und sieht mich an. Ein echter Drachenflieger: Auf dem gleichschenkligen, auf der Taille ruhenden Dreieck ein für diese Schultern zu kleiner Kopf. Früher aber schien es mir wieder nicht so häßlich, nicht auf altägyptischen Bildern und nicht, als der Dritte auf der Insel auftauchte und mich an jene Ägypter erinnerte. Ihr gefiel damals nichts an ihm, du aber bewundertest ihn gar. Jetzt ist alles umgekehrt.

Und dabei lächerlich, zum Brüllen, wenn man von diesem Kraftpaket weiß, was ich weiß!

Stumm steht er da, seine Hand genau an dem Fleck, auf den wir einst in unserem Übermut geschossen haben. Schaut auf meine Hand, die auf der Pistole ruht. Jaja, du siehst schon richtig: eine Pistole! Mit den Augen weise ich auf den Patronenstreifen hin, den ich an ein sonnendurchwärmtes Plätzchen gelegt habe.

„Möchte den trocken haben, die Patronen könnten feucht sein.“ Erst jetzt richte ich mich auf und sitze nun aufrecht.

„Gut möglich“, stimmt mir der Dritte zu.

Er ist verwirrt, man merkt, daß er nicht mit diesen Gedanken zu mir gekommen ist. Also los, was gibt's?

„Maria ist schwanger. Sieht jedenfalls so aus.“

Jetzt würde ich gerne mein Gesicht sehen: Darauf bin ich nun nicht gefaßt. Deshalb frage ich nur dümmlich:

„Wer hat Ihnen das gesagt?“

„Alle Anzeichen.“

„Ich kann mir denken, wie Sie sich freut!“

„Aber klar! Obwohl – ehrlich gesagt, man blickt da nicht so richtig durch. Sie kennen Sie ja. Man weiß nie im voraus. . .“

„Kommen Sie, um mich zum Paten zu machen?“

„Die Neuigkeit mitzuteilen. Immerhin.“

Aber nein, sein Blendaxlächeln hat nichts Kindliches, es ist debil, das steht fest!

„Nun, bei unserem akuten Personalmangel mag auch der Vater als Pate durchgehen. Hoffentlich haben Sie mitgekriegt, daß das Kind von mir ist?“

„Sicherheit haben ist halb gewonnen!“ Er lächelt.

„Neu für Sie? Ach, was soll das, Sie hat mir alles erzählt.“

Die Waffe – da ist sie, an die Barriere, meine Herren!

Er lächelt nicht mehr. Schweigt. Deshalb fahre ich fort:

„Der Ozean schützt doch besser vor Strahlung als der offene Weltraum."

„Das hat Sie **dir** gesagt?" Er dutzt mich zum erstenmal.

„Du kennst Sie ja", ich werfe ihm sein Du zurück, „Sie sagt alles, kann nichts für sich behalten, und wenn es Ihr Schaden ist."

„Ja, stimmt alles. Auch daß ihr mich speziell auf einen Reaktor gesetzt habt. In dem fliegenden Sarg da."

„Ich habe niemanden draufgesetzt."

„Egal, ihr Weißen. Ich hasse euch! Auch das mußtet ihr uns wegnehmen. Schon immer, längst wart ihr auf uns eifersüchtig. Und aus gutem Grund, ha! Aus gutem Grund!"

„Vorbei, der Traum!"

„Am meisten habt ihr Angst gehabt zu erfahren, euch daran zu erinnern, daß ihr nicht die allerersten wart. Ihr hattet es nur immer eilig, aus uns Schuldner und Bankrotteure zu machen. Hättet lieber öfter an eure eigenen Schulden gedacht!"

„Wie meinen Sie das mit den ersten und nicht ersten?"

„Fragen Sie doch Ihre Wissenschaftler: Wo entstand der erste Mensch? Und wer war er? In Afrika. Ein Schwarzer. So. Die Frau hat das immer gespürt. Und ihr wart eifersüchtig."

Das können die aus dem Effeff: sich immer und in allem im Recht fühlen.

Weil er ein Amerikaner ist.

Dazu noch ein **schwarzer Amerikaner.** (Wäre er weiß gewesen, hätte er unbedingt auch das zu seinen Gunsten ausgelegt.) Da präsentiert er mir die Rechnung für die afrikanische Strahlung und Mutation. Eine Mutation, die – zum Schluß hatten die Wissenschaftler noch die Erleuchtung! – den Urmenschen hervorgebracht hat. Den Homo erectus, den Homo faber und so fort.

Auch von diesem Wissen haben wir also noch Gebrauch gemacht. Ach, wem wird all das zufallen, das ganze Erbe des Homo **sapiens**?

„Was ich noch sagen wollte. . .“ Mit einem Seitenblick streift er die Pistole, einem jetzt anderen, interessierten und abwägenden Blick. „Mußten Sie lange tauchen?“

„Zeit hat man ja. Hab' auch nach der zweiten gesucht, vielleicht findet die sich noch.“

„Ja, zwei wären günstiger. Falls Sie an ein Duell denken.“

Das Wort Duell setzt die Sie-Anrede voraus – so ist's schon besser, Jüngelchen! Trotzdem gut, daß nicht ich das Wort ausgesprochen habe. Aber ihm ist nicht einmal der Gedanke gekommen, daß ich ihn auf Gangsterart hätte abknallen können. Schönen Dank wenigstens dafür!

„Wie viele Kugeln sind geblieben?“

„Sechs.“

„Wir könnten auch mit der einen auskommen.“

Meint er die Pistole oder die Kugel? „Sie sagen also, das Baby gehört Ihnen?

Ja, aber Maria gehört mir!“

Und ich, nein, nicht ich, jemand in mir führt den Satz heiter zu Ende: „. . . sagte Joseph der Zimmermann Gott, dem heiligen Geist, und – langte nach dem Schießeisen“. Ich bin drauf und dran, nervös, ungehemmt loszulachen, als ich sehe, was der Dritte gerade tut: Lässig, betont ruhig streckt er die Hand aus, als wollte er mich auf die Probe stellen.

Ich rühre mich nicht. Er blickt in den Lauf, pustet hindurch, nimmt die Patronen und legt sie ein. Die Pistole klickt bedrohlich.

„Ja, aber Maria. . .“

Eine sonderbare Apathie überkommt mich. Ich hätte mich auch dann nicht gerührt, wenn er die Pistole wirklich gegen mich gerichtet hätte. Ich habe nicht die geringste Lust, den Lauf der Ereignisse zu stören, wie er sich auch wenden mochte. Mir würde Sie ja nie vergeben. Aber ihm? Nicht Sie, die Liebe wird alles vergeben. Was er auch getan haben mag. Zumal die Version vom Übriggebliebenen verfaßt sein wird. Selbstredend wird er sie nicht zu seinen Ungunsten auslegen.

„Ein Wunder, wirklich!“ Liebevoll wiegt er die wiedergefundene Pistole in der Hand. „Ein Schuß, und die halbe Menschheit wie weggeblasen. Nicht einmal unsere Generäle hatten so eine Superwaffe. Ich zähle selbstverständlich nicht, mit mir ist nicht viel los, dafür sind Sie unser Garant der Zukunft. Und Sie machen genau die Hälfte der bestehenden und der künftigen Menscheit aus. Aber unsere Erfahrungen lehren was andres: Die Zukunft gehört dem, der so ein Ding in der Hand hat.“

„Davon bekommt man keine Kinder.“

„Hahaha! Nein, Sie gefallen mir. Ich hatte schon immer eine Schwäche für Draufgänger. Noch dazu für Witzige. Ganz besonders für Witzige.“

Nun kehrt er noch den Amerikaner hervor: das Lächeln aus einem Film über die großartigen Boys von der anderen Küste des Großen Teichs, die alle kaufen und alle zusammenstauchen können. Seine radikalen Phrasen und das Gelächter über die eigene Obrigkeit und die amerikanischen Zustände – ebenfalls nur die amerikanische Angeberei: Seht her, das können wir, das sind wir! Den Präsidenten stecke ich in die Tasche! Selbst wenn kein Cent drin ist. Es liegt nicht daran, daß einer weiß und einer farbig ist, es liegt an dieser amerikanischen Hochnäsigkeit, an ihrer Gewohnheit, alle zu belehren, an ihrem heimlichen und unverhohlenen Gefühl: Wir sind die Größten!

Er schweigt eine Weile, dann fragt er beiläufig:

„Sind Sie wirklich sicher? Ich meine wegen des Kindes...“

„Wichtiger ist, Sie sind da sicher. Außerdem geht es ja wirklich nicht um ein Kind, sondern um **die Kinder**. Jawohl, um die Zukunft, wie Sie ironisch zu bemerken beliebten. Elementare Arithmetik: Sie und Maria machen nur zwei aus, dann reißt der Faden ab. Aber Maria und ich – wir zwei sind unendlich."

„Hu, da wird einem ja direkt schwindelig. Ich an Ihrer Stelle würde auch ein faires Duell für ein Verbrechen an der Menschheit halten. Sie sollten sich dorthin, auf den Felsen, hinaufbegeben und die anderen heißen, Hymnen auf Ihren fortschrittlichen Phallus anzustimmen."

Er wiegt die Pistole, die schwere, geladene, wieder in der Hand, und auch seine Augen wiegen etwas ab. Dann wirbelt er die Pistole nach Cowboy-Art um den Finger und legt sie auf einen Stein.

„Da der Fortschritt immer siegt, ist das Duell für Sie ungefährlich. Nur ein kleiner Nervenkitzel. Aber Maria gehört mir, und was mir gehört, habe ich noch nie kampflos preisgegeben."

Er hebt ein Steinchen auf, legt die Arme hinter den Rücken und streckt sie wieder vor.

„Wer den Stein zieht, schießt."

Ich halte es nicht länger aus, frage:

„Sehen Sie sie tatsächlich nicht?" Ich zeige auf die üppig blühenden, aus allen Felsspalten hervorquellenden gelben Blumen.

Er grinst verächtlich:

„Sie reden noch immer davon? Auch Sie sieht sie nicht. Hat mir selbst gesagt, warum."

„Warum denn?"

„Weil sie Sie ankotzten. Entschuldigen Sie schon das unverhüllte Wort. Und die Blumen werden Sie immer ankotzen. Gefällt Ihnen diese Art Fortschritt?"

„Die hier." Ich berühre seine rechte Hand mit den Fingern.

Er öffnet sie nicht.

„Wir haben nicht abgesprochen, wer wo stehen soll."

„Von hier dort runter.“ Ich zeige auf den Rand des Abhangs. „Man kann dann alles leichter mit einem einfachen Absturz erklären.“

Er öffnet die Hand – leer.

„Entschuldigung, Sir!“ Er nimmt die Waffe wieder, wirbelt sie ein paar Mal. „Entschuldigung, aber ich schieße gut.“

So das war es! Viel zu spät, um zu bereuen und hin und her zu überlegen, ob ich berechtigt war oder nicht, mich ihm so auszuliefen. Zu dumm, alles, alles der Kugel dieses selbstgefälligen Amis preiszugeben! Selbstverständlich hatte ich das Recht nicht, habe es nicht. Aber ich konnte nicht anders. So sind wir also beschaffen? Wollte sich der Große Spielführer noch einmal davon überzeugen, suchte er eine weitere Bestätigung? Hier ist sie! Ein Argument mehr oder weniger – kommt es denn darauf an? Was mußte er sich so viel Mühe geben und ein so verworrenes Sujet aufziehen?

Von dem Felsen aus, den ich bestiegen habe, damit der Amerikaner besser zielen und mich leichter niederstrecken kann, erkenne ich eine einsame kleine Gestalt an der Küste. Immer noch in blau. Also sieht auch Sie mich, kann mich sehen. Zum Brüllen (wenigstens jetzt, in der Erinnerung), wie Sie Ihr blaues Trikot gleich der UNO-Flagge am Zelt hißte. Die Flagge hat nichts geholfen. Nichts konnte uns helfen, so wie wir waren. Anders sein. Lernen anders zu sein – dazu hat uns die Zeit nicht gereicht. Für alles hat sie ausgereicht, unsere Zeit und unsere Vernunft: den Himmel zu erstürmen, den Meeresgrund zu bekriechen, uns in die Materie bis zu ihrem verborgensten Kern hineinzuwühlen. Aber uns zu sammeln, in uns zu gehen, unsere Kenntnisse von der Außenwelt und der (menschlichen) Innenwelt auf einen gemeinsamen Nenner zu bringen, und es ging ja nicht einmal ums Wissen, sondern um die Bereitschaft, um den wirklichen Wunsch, anders zu sein – das wurde immer wieder aufgeschoben. Jetzt ist aufgeschoben gleich aufgehoben.

Einst stellte die Strahlung (jawohl die afrikanische!) uns auf die Beine, fand auch ein Behältnis, das sich für das wunderbare menschliche Hirn eignete, und erst die Hände! Und all das, wozu? Damit wir bis zum Urquell vordringen, ihn freilegen, den von der Natur so tief eingegrabenen „Mutterkuchen" hervorholen? Um uns letzten Endes am eigenen Urquell zu vergiften?

Woran denkt Sie jetzt, wenn Sie mich auf diesem Felsen sieht? Sie ist gewohnt, mich, den Voyeur, hier zu sehen. Natürlich denkt Sie an ihn, macht sich Sorgen, kann nicht begreifen, wo er hin ist, wenn ich allein dastehe. Sie weiß nicht, daß er von unten auf mich anlegt. Wie er sich da aufgebaut hat, unverkennbar Profisportler. Die verfehlen ihr Ziel nicht.

Als hätte Sie etwas gespürt, läuft Sie rasch auf uns zu. Sie kommt, Sie rennt her! Das Haar, das Sie stört, umfaßt Sie wie ein Kind und hält es im Laufen an sich gepreßt.

Ich will dem Menschen, der auf mich zielt, zuschreien: **Sie sucht uns! Wir, wir werden gesucht**!

Aber aus irgendeinem Grund, kann ich es nicht. Ich **schäme mich**, ich fürchte, daß meine Stimme Angst verrät. Das war schon einmal so: Ich war nahe daran, in einem See zu ertrinken (Krämpfe in beiden Waden), schämte mich jedoch, um Hilfe zu rufen, fürchtete mich davor, **meine angsterstickte Stimme** zu hören. Menschen in einem Boot schöpften von selbst Verdacht, sahen meinem Gesicht an, daß es schlimm um mich stand, und ruderten herbei. . .

Ich höre meine Stimme nicht, vielmehr vernehme ich von irgendwoher: „Zu spät!" Schrie es in meinem Innern?

Aber nein, nicht doch! Warum zu spät? Da ist auch Sie – rennt her und schreit ebenfalls etwas, die Arme flehend hoch, die Haare frei, der Wind zaust sie. Aber weder Ihre Stimme noch meine, sondern wiederum das erbarmungslose, unabwendbare: „Ich habe es gewogen, euch das letzte Mal gewogen!"

14

So fürchtet euch vor dem Schwert;
denn das Schwert ist der Zorn über die Missetaten, auf daß ihr wißt, daß ein Gericht sei.

Das Buch Hiob, 19, 29

„Fertigmachen! Wiederhole: Fertigmachen zum Endschlag! Alle Vergeltungsmittel kampfbereit! Wer quatscht denn da schon wieder? Immer noch dieser Smith?"

„Zuerst waren die Schwarzen da, habt ihr wohl nicht gewußt? Und die Letzten sind jetzt auch alle schwarz, haha, nur gerecht, vergeßt die fremden Schulden nicht, ihr verkohlten Dummköpfe!"

„Ich habe Sie gewarnt, Doc, hauen Sie ihm noch eine Portion Schlaf rein. Alles fertigmachen! Alle Geschütze – Feuer! Prima! Ihr da, habt ihr was gemerkt? Der Präsident dankt euch, Boys. Übrigens scheißegal. Doc, auf Selbstbedienung umschalten: Jedem ein Gas nach seiner Wahl, für jeden Geschmack etwas. Wünsche schöne Träume nach gewissenhaft getanem Werk!"

„Dritte Kammer klar . . . Vierte . . . Wie steht's um die übrigen? Versucht es noch mal! Geht das Luftgebläse? Ich glaube, jetzt ist es besser. So . . . der Manipulator . . . Der Oxidator hat jetzt freien Zutritt, jetzt die Triebwerke . . . Nur noch einen einzigen Schluck Luft an der Oberfläche des wogenden Ozeans, und dann sterben. . ."

Der breite Bildschirm der äußeren Fernsehkamera, auf dem sich etwas teerartig Feuerrotes wälzte – Wasser? Erdöl? –, flammte plötzlich grell auf; ein dicker, feuerspeiender Raketenleib tauchte auf, verschwand momentan nach oben; noch eine Rakete und noch eine. . .

Das Atom-U-Boot wurde in die Ozeanmasse hineingedrückt, sein von halbtausend Tonnen Last befreiter Rumpf senkte sich zum Bug hin: Niemand war da, ebensoviel Tonnen Wasser ins Hecksystem aufzunehmen. Die dräuende Ozeanmasse, durch ein unbegreifliches Leuchten bis zu den tiefsten Tiefen aufgewühlt, schob sich zuerst vor der zum Grund gleitenden Metallmasse auseinander, dann aber schien sie sich zu besinnen: Die unsichtbaren Kiefer schlossen sich langsam um die Stahlflanken des U-Boots, und sie knirschten gedehnt und klagend. Das letzte, erstickende lebendige Fleisch klammerte sich an das benebelte Bewußtstein – sein dünner Strahl, noch immer das Wunder der Wunder, durchdrang ungefährdet die Wassermassen und die unergründliche Finsternis, die das Frauengesicht an dem nunmehr unsichtbaren Brett des Hauptpults verschlungen hatte.

15

Löse den Frevler, vernichte ihn nicht, zieh ihn heran, daß er nicht vorgehe. Hättest du nicht die Sturmflut gemacht! Wäre dafür ein Löwe erstanden, die Menschen zu mindern! Hättest du nicht die Sturmflut gemacht! Wäre ein Wolf erstanden, die Menschen zu mindern! Hättest du nicht die Sturmflut gemacht! Wäre ein Hunger erstanden, das Land zu entvölkern! Hättest du nicht die Sturmflut gemacht! Wäre eine Pest erstanden, das Land zu vernichten!

Gilgamesch-Epos

Ich sehe einen Menschen. Den Kopf hoch erhoben über den Blumen (wie ein ertrinkender, untertauchender Schwimmer) arbeitet er sich heran, rudert, kriecht von unten auf mich, auf meinen Felsen zu.

Was war denn vor kurzem mit mir, mit uns hier: die Pistole auf einem Stein, etwas weiter der zum Trocknen ausgelegte Patronenstreifen? Also war das nicht, ist nichts geschehen – welch ein Glück! Was hatte ich mir da bloß wieder zusammengesponnen? Und wie logisch sich alles abgespielt hatte, all die Gespräche . . . Aber wer rennt her und mit welchen Neuigkeiten? Er kriecht nicht, er hebelt seinen Körper mühsam vorwärts, die Gesichtszüge schmerzverzerrt, und ein Bein schleppt er nach, verrenkt. Das Gesicht blutverschmiert.

Ich laufe ihm entgegen, auf die Gefahr hin, selber hinzustürzen. „Was? Was ist mit Ihr? Sprich! So sag doch was!"

Sein Mund ist zum Schreien aufgerissen, aber was ich höre, ist nur Röcheln: Endlich verstehe ich:

„Sie . . . Baden. . ."

Wiederum nur heiseres Röcheln.

Die Salve hat es also doch noch gegeben? Nicht alles nur ein Traum, etwas war also doch geschehen? „Die Erste . . . Die Zweite . . . Feuer!" Auch das Duell?

Ohne ihm weiter zuzuhören, stürze ich hinunter, dorthin, wo das Zelt wie ein rostroter Fleck schimmert. Dort ist niemand zu sehen, aber das ist dort, dort! Nicht ich stoße mich an Felsen und Steinen, sie stoßen mich, fallen über mich her. Vor Schmerz im zerschundenen Knie aufstöhnend, setze ich mich kurz hin und sehe einen sonderbaren, vom Meer her kommenden Speer, der nicht mit der Spitze nach vorn, sondern seitlich, die Spitze nach oben, fliegt. Sofort begreife ich, daß es Vögel sind, aber streng vertikal, einer über dem anderen, formiert. **Und ebenso begreife ich, daß die Vögel, die den nur für sie wahrnehmbaren Strahlungswind spüren, nach einem Spalt zwischen den tödlichen Strömen suchen und bemüht sind, sich durch diesen Spalt hindurchzuzwängen, zu entkommen.**

Ich rollte den Abhang zum Meer hinunter, als hätte ich Angst, dort lebend anzukommen. Was mich hielt und vielleicht gerettet hat, waren nur die federnden Matten der Blumen, der verfluchten, verhaßten. Weich nahmen sie meinen zerschundenen, zerschlagenen Leib auf und umhüllten ihn mit rettender Kühle. Als bäten sie um Verzeihung für alles – wofür?

Da ist endlich der Strand, wo es früher so viele Spuren gab: zuerst meine und Ihre, dann seine und Ihre, und jetzt ist hier nur ausgetrockneter Schaum. Sie liebte es, im Sand hockend mit dem Finger Spuren kleiner Füßchen zu zeichnen. . .

Daneben atmete der Ozean, unschuldig unverändert. Da sah ich, daß dem nicht so wahr, daß sich im Gegenteil alles verändert hatte und sich noch weiter stürmisch veränderte. Auf einmal hörte ich – aber das war im Nu vorbei, blieb nur im Bewußtsein zurück – ein bedrohliches, in der Tiefe des schwarzen Raums anwachsendes, steinernes Tosen. Unsere Insel, die uns wie ein Brunnen mit dem blauen Deckel des Himmels darüber vorgekommen, war es nicht mehr: Vor meinen Augen brachen die schwarzen Wände auseinander, schon war es ein breiter, durch rasende Drehung gebildeter Trichter. Der Himmel erweiterte sich zusehends, dafür verengte sich die Trichtersohle – die Insel und der Ozeanring –, auch das direkt vor meinen Augen. Vielleicht hatten sich die Wände der die ganze Erde umhüllenden radioaktiven Finsternis schon immer mit rasender Geschwindigkeit gedreht, nur daß wir das nicht bemerkten und, sorglos am Boden des tödlichen Taifuns, in seinem toten, unbeweglichen Auge klebend, dahinlebten?

Wo ist Sie denn bloß? Ich muß noch rechtzeitig wissen, was Ihr, was uns zugestoßen ist! Ich hinke auf das Zelt zu, die Augen suchen gewohnheitsgemäß das Ihr vom Astronauten geschenkte Trikot. Es hing hier immer friedlich in blau. Nichts, niemand, nirgends! Ich blicke ins fremde Dunkel des Zeltes, fahre mit der Hand sogar über die Algen, das Bett. Ist Sie zum Wasserfall hin? Irgendwo muß Sie doch sein!

Dann sehe ich die Alte. Woher kommt sie, wer ist das? Sitzt mit gestreckten Beinen im Sand, an die hintere Zeltwand gelehnt, als verstecke sie sich hier. Warum wird der Tod manchmal wie eine Alte – so, wie die hier – dargestellt? Warum nicht wie ein großer debiler Bursche, ein Muskelpaket in Uniform? Und doch denke ich im Augenblick an den Tod in Gestalt der Alten.

Noch immer begreife ich nicht, wer sie ist, woher sie kommt. Saß sie vielleicht schon immer da, hinter dem kleinen Zelt, bloß daß sie keiner bemerkt hatte? Ich bin in den letzten Tagen gar nicht hergekommen. Tränende, erloschene Augen, eingefallener zahnloser Mund, Hals und Stirn lila gefleckt, etwas eklig Pelziges statt der Haare am leuchtenden Schädel – und dieses Wesen soll einmal eine Frau gewesen sein? Sie ist über und über mit eiternden Schwären bedeckt, du großer Gott, hätte sie doch einen Fetzen übergeworfen. Eine solche Blöße muß bedeckt werden. Die runzlige Haut zuckt da und dort wie bei einem Tier, die Flecke tun ihr weh. Die Alte selbst aber sitzt unbeweglich, an Kopf und Knien, an Schultern und Armen klebt etwas wie Algen, als wollte jemand diesen entsetzlichen Zerfall doch noch verdekken. Um Gottes willen, das sind ja Haare! Jetzt sehe ich genau, begreife, da sind **herrliche, lange Haare, Ihre Haare**! Was, was nur hat diese abscheuliche Alte mit Ihr angestellt? Sehen jene Parzen, die Schicksalsgöttinnen, nach langen Mühen aus wie diese Alte? Eine verstrahlte Parze, die, erblindet, mit ungehorsamen Fingern nach einem verlorenen Lebensfaden sucht. . .

Da raschelte es, das ist schon keine Stimme mehr:

„Das Meer ist schlecht, nicht gut, das hast du gesagt. . .“

Ich setze mich daneben, nein, ich habe in diesem Schrecken des Zerfalls jene, nach der ich suchte, zu der ich eilte, nicht wiedererkannt, das werde ich nie. Nie werde ich mich damit abfinden, daß das wahr ist. Ich sitze neben einem mir unbekannten Wesen, blicke auf die ausgetrockneten Finger, die neben den kranken Altweiberbeinen die herrlichen, mit Sand vermischten, aber noch immer ihren lebendigen Glanz bewahrenden

Haare berühren, und kann die Tränen nicht zurückhalten. Ich schluchze, wie ich nur einmal in der Kindheit geschluchzt habe, als ich in unserem Dorfhaus abends, beim Sonnenuntergang, aufgewacht war und das Gefühl hatte, alle hätten mich verlassen, **Mutti würde nie mehr zurückkommen**. Warum, wußte ich nicht, weiß aber noch immer, wie schrecklich diese Gewißheit war.

Aus irgendeinem Grunde will ich, daß die Alte sieht, wie ich weine. Aber sie hat mich kein einziges Mal angeschaut. Selbst als ihre schuldbewußten Worte raschelten. Meine Finger streifen ihre Hand, gemeinsam glätten, berühren, streicheln wir die Haare, die sich fächerartig im Sand ausbreiten, sie kleben auch an ihren Schultern, an ihrer Brust, vorsichtig versuche ich, sie abzunehmen, **wegzunehmen**, möglichst ohne ihr weh zu tun – aber diese eiternden klebrigen lila Flecken! Der Schmerz durchzuckt das Gesicht der Alten, verwandelt es in eine stumpfe Fratze. Ein anderer Schmerz aber, in den in Tränen schwimmenden Augen, ist so tief und schneidend, daß er jeden anderen verdrängen, betäuben muß.

Schon vierhändig sammeln wir die Haare, die erst vor kurzem so schön, so lebendig waren, graben sie aus dem Sand aus. Ich kämme sie mit den Fingern, wie man im Dorf das Werg kämmte. Schon zwei Parzen sind damit beschäftigt, nach den im Sand verlorenen Fadenenden zu suchen, unsere Hände berühren sich vorsichtig, und es ist mir dabei so ungemein wichtig, so zu tun, als gäbe es zwischen unseren Händen, den meinen und denen der Alten, keinen Unterschied.

Schließlich dringen die Augen der Alten, in denen etwas Bekanntes, **etwas von Ihr**, aufleuchtet, tief in die meinen und fragen schüchtern, schuldbewußt: **Ist das – was mir zugestoßen ist –, ist das wahr**?

Und ich beginne zu sprechen, o Gott, ich sage, ich artikuliere unsere Worte, die Worte, die uns beiden vor kurzem gehörten:

„Du meine liebe Sonne! Du meine Sonne! Meine große Liebe, mein Schatz, meine Sonne!"

Mit der schüchternen Berührung eines Verliebten versuche ich, an ihrem abgemagerten Ellenbogen einen eitrig-lilafarbenen Fleck wegzuwischen – der Ellenbogen zuckt schmerzlich. Auch meine Haut zuckt am ganzen Körper, selbst am Kopf.

Immer wieder flüstere ich, rufe Sie, beschwöre unsere Worte herauf – jetzt sehe ich Ihre Augen. Ja, es sind **Ihre** Augen, ich habe sie gefunden, in der Tiefe der tränenden Greisinnenaugen entdeckt, und nun flüstere ich Ihr, Ihr unsere Worte zu, in mir aber schreit es ganz andere Worte und anders. Die eine und die andere Stimme, das Geflüster und der Schrei, stören einander nicht, übertönen einander nicht.

„Wir bekommen ein Kind", sagen die Lippen, die es nicht mehr gibt, sie lächelt kläglich, weil auch lächeln weh tut. Mit einer gewohnten Bewegung (**Ihrer** Bewegung!) berührt sie die Brust, das, was von der Frauenbrust übriggeblieben ist, die gespreizten zitternden Finger suchen nach dem Kelch und finden ihn nicht. . .

Du verfluchter Berit! Bist du nun satt? Hast du dich endlich satt gefressen an deiner Selbstgerechtigkeit, deiner Rechthaberei? Bis zum Hals, bis zu deinem engen Hals! Bist nun doch nicht geworden, was du hättest werden können. Der Riesenwanst und der schmale Schlund hinderte dich immer daran. Bis zum äußersten hast du Deins nicht weggegeben. Selbst als dieses Deins radioaktiv war und du davon schon wußtest. Unduldsamkeit und Geiz, das Streben, immer und allen gegenüber Recht zu haben, über allem und allen zu stehen – so bist du in Wahrheit! Aber sich über sich selbst zu erheben – nein, das hast du nicht gelernt. Welche Genies sandten dir Natur und Schicksal entgegen, welche Führer, welche Worte, Bücher, Stimmen! Welche Leuchten hast du in der Hand gehabt! Alles umsonst. Nichts hat geholfen, und endet nun mit dem hier. Aber warum in aller Welt, warum, welcher Fluch lastet auf uns? Oder sollte es tatsächlich das Kainsmal sein? War es nicht deshalb, daß jede Leuchte, jedes Wort, sobald sie in solche Hände gerieten, prompt zu Waffen wurden? Zu einem Instrument des Rechthabens, der Folter, Hinrichtungen und Morde? Ebenso wie sich bei jenem geizigen Kaiser der Griechen alles in Gold verwandelte, ein absurd unnötiges Gold, das ihn erstickte, ums Leben brachte.

Gedenke ich der schönen Zeiten . . . Dann sage ich dem Augenblick, verweile doch, du bist so schön . . . Welch herrliche Stimmen klangen in deiner Seele. Aus und vorbei, sie sind verstummt, ohne in dieser Seele Anklang gefunden, ohne dich vom Abgrund weggeführt zu haben:

Was hinderte dich, haltzumachen? Zurückzutreten, dich zu retten, andere zu retten? Was erstickte alle Stimmen, was löschte alle Leuchten?

Soll ich vielleicht die Steine fragen? Es gibt niemanden mehr. Ja, warum nicht die Steine? Waren die Steine, die Berge nicht schön? Verweile doch . . . Sterne, Sonnenuntergang, Grashalm, Felsen am Meer – sie sahen sich durch uns, mit unseren Augen: Wie schön ist doch die Welt! Zum ersten und vielleicht letzten Male wischte sich die Materie die Augen aus, blickte sich das All mit unseren Augen an. . .

Alle haben immer, in allem und vor allen anderen Recht! Was sonst, wenn nicht das, hat alles zugrunde gerichtet?

Aber welche Schuld haben wir, die wir aus irgendeinem Grunde übriggeblieben, für etwas übriggelassen worden sind? Übriggelassen mit solch forschender Grausamkeit am Boden, an der rasend schnell abnehmenden Basis des nuklearen Tornados. Jetzt, gleich wird er auch uns verschlingen, ach, wäre es schon soweit, nur schneller dorthin, wo alle und alles hin ist!

„Du meine liebe Sonne!" flüstere ich, und in meiner Stimme schwingt leise die einstige Bewunderung und

Zärtlichkeit mit. „Du mein ein und alles, mein Frühling! Wir werden noch alles erleben. Alles, alles wird wieder gut. Das hier vergeht, unbedingt. Alles scheint uns nur. Du wirst sehen, alles kehrt wieder zurück. Wir sind ja nicht so schlecht. . .“

„Mutti, mir ist kalt! Mutti, oh, wie kalt ist mir!“

Ich sehe, wie es Sie schüttelt. Der Schüttelfrost läßt Sie nicht mehr los. Früher hätte ich Sie fest umarmt, Sie wie ein weiches Knäuel an mich gedrückt, die Kälte, die Sie plötzlich durchdrang, in mich aufgenommen, das Zittern mit Wärme und Zärtlichkeit besiegt.

Jetzt sehe ich hilflos zu, wie Ihr fleckiger Körper sich auch noch mit Gänsehaut überzieht. Ich springe auf und beginne, nach etwas zu suchen, ich will – ja, richtig, ich will diesen verdammten blauen Fetzen finden, wo ist er bloß hin? Wenn man ihn braucht, ist er verschwunden (das gilt auch dem Dritten). Ich renne um das Zelt, hier hing das Trikot immer zum Trocknen. Ich knie mich in den Sand, wühle im Algenbett herum. Mit leeren Händen laufe ich zu Ihr zurück und sehe, daß es Ihr ganz elend ist, daß der Schüttelfrost schon Ihren ganzen Körper erwischt hat.

„Hast du es dort liegengelassen? Wo du baden warst?“

Ich bin bereit, die Küste so weit wie nur möglich entlangzulaufen, nur um etwas zu tun und nicht so hilflos zusehen zu müssen. Wie hieß doch der Heilige, der Aussätzige mit seinem eigenen Körper wärmte? Tut Aussätzigen auch jedes Härchen an der Haut so weh?

Ich werde inzwischen verständnislos angesehen: Wieso bin ich nicht neben Ihr, sondern woanders, wo es Ihr doch so entsetzlich schlecht geht?

„Mama!“ Nein, die Augen erkennen mich nicht mehr. Nicht mich sehen sie jetzt. „Mir ist kalt, mir ist so kalt, Mutti!“

Ärger, launisch-kindliche Tränen in der Stimme.

Und wieder sehe ich die Vögel, ihr schwarzer Strich kommt zurück, noch immer wie ein vertikal fliegender

Speer. Den Vögeln entgegen wälzt sich vom schwarz aufwogenden Ozean her die von schlangenartigen Blitzen durchzuckte Wand der Finsternis auf unsere Küste, auf die Insel zu. Sie umfaßt den noch übriggebliebenen und sich verengenden Raum und drückt ihn zusammen. Der tiefsten Tiefe des Ozeans entringt sich ein bedrohlich anwachsender, unwahrscheinlicher Donner, einem Steingebrüll gleich. Es ist, als würden dort Berge zermalmt...

Jeder Röhrenknochen in meinem Körper antwortet darauf mit einem schmerzhaften Echo, Arme und Beine dröhnen und brausen auf einmal wie ein Orgel. Plötzlich heult der ganze Körper wie eine gellende Schreckenssirene auf und übertönt das Krachen der einstürzenden Berge. Ich falle neben Sie hin, versuche aber immer noch, Ihre Augen auf mich zu lenken, Sie von dem uns immer mehr einkreisenden nuklearen Orkan abzuwenden, damit Sie nichts sieht und nur meine Worte hört:

„Das scheint nur so . . . Liebes, meine Geliebte, alles kommt wieder, alles, alles. . .“

16

$E = mc^2$
Albert Einstein

. . . *Drei dünne Strahlen – einer von dem über den Rauchschwaden liegenden Himmel, ein anderer von unter den Massen des schwarzen Ozeans und ein dritter von hinter der rostigen Bunkertür hervor – schnitten sich, begegneten einander mit unfaßbarer zufälliger Genauigkeit. Für ein Sekundenmilliardstel zeichnete sich an diesem Schnittpunkt der Hoffnungslosigkeit ein kleiner Lichtknoten, ein winziger Bildschirm des dreifachen, verdreifachten Gedächtnisses ab. Des irdischen, des letzten. Die dünnen Strahlen flimmerten, verweilten noch in der unendlichen Kälte des Alls, hielten sich wie Schmetterlinge aneinander fest, solange sie konnten. Und fielen auseinander. Aber das All hatte trotz-*

dem etwas vernommen, wonach es, ohne sich dessen bewußt zu werden, Sehnsucht haben wird. . .

Die letzten Zeugen der eigenen Tragödie waren verschwunden, und sofort hörte sie auf, eine Tragödie zu sein, und wurde ein routinemäßiger physikalischer Vorgang der Energieumwandlung, des entropischen Energiefalls in einem verschwindend geringen Teil des Alls.

Erloschen das Licht, Bühne und Zuschauerraum leer. Doch eine Stimme, von niemanden gehört, von niemanden erhoben, schwirrt wie ein erschrockener Vogel, der sich in einem Raum verirrt hat, zwischen Vergangenheit und Zukunft: „Meine liebe Sonne . . . Mein ein und alles . . . Mein Frühling . . . Alles wird gut, alles, alles wird noch sein!"